Marie-Anne Barbier, dont on a plusieurs ouvrages en vers et en prose, morte à Paris en 1745, est auteur de ces saisons littéraires, qui

I0634245

20684

2249-

SAISONS LITTERAIRES

OU

MELANGES DE POESIE,

D'HISTOIRE,

ET DE CRITIQUE.

Premier Recüeil.

A PARIS,

Chez FRANÇOIS FOURNIER, ruë
faint Jacques, aux Armes de la Ville.

M. DCCXIV.

Avec Approbation & Privilege du Roi.

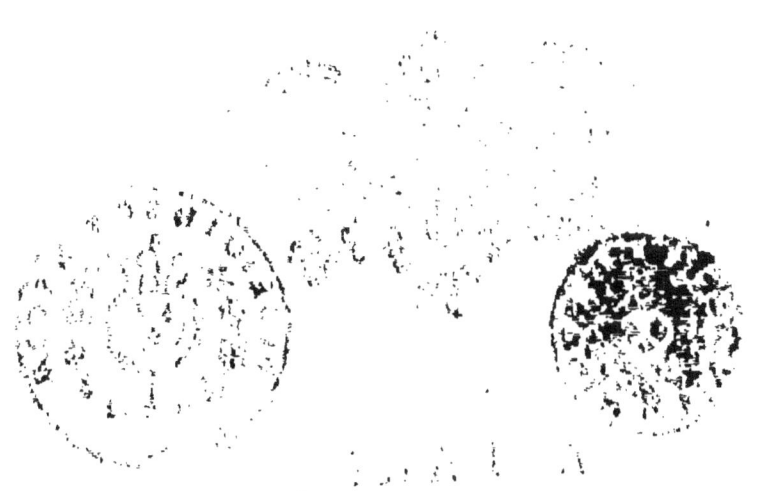

A
MADAME
LA COMTESSE DE ✱✱✱

LE tribut que vous exigez de moi, MADAME, me fait trop d'honneur pour balancer un moment à vous l'offrir : Vous m'avez demandé quelques Pieces de Poësie de ma façon, une Historiette dans le goût de celles que j'ai deja données, une Dissertation sur les Tragedies ou Comedies nouvelles qui auront eu du succés, & vous me marquez que vous seriez bien aise que mon travail

ã ij

fût partagé en quatre saisons comme l'année : Vous serez servie à votre gré, je tâcherai de trois mois en trois mois d'ocuper les momens que vous avez de reste dans votre solitude. Un autre vous repondroit que toutes les saisons de l'année ne sont pas fecondes & que la paresse est l'hyver de l'esprit ; mais je n'ai garde de vous païer d'une si mauvaise raison, mon zele vous est trop connu pour le soupçonner d'une pareille léthargie. Tout ce que je crains c'est de ne pas remplir votre attente ; vous présumez trop de moi, mais vous seriez bien surprise si mes Ouvrages vous ennuïoient : Je proteste cependant, que ce n'est pas mon dessein & que je ferai de mon mieux pour soutenir la flatteuse idée que vous vous êtes faite de mes productions. Je commence ce recüeil par une Ode où j'ai ébauché le portrait du Mecene de notre siecle : Vous n'avez pas besoin, MADAME, que je vous nomme Monsieur l'Abbé Bignon ; & qui pourroit lui disputer ce titre ?

APPROBATION.

J'Ai lû par ordre de Monseigneur le Chancelier, un Manuscrit intitulé *Saisons Litteraires, ou Mélanges de Poësies, d'Histoire & de Critique*: & j'ai crû que cet Ouvrage pourroit soutenir son titre dans le Public. Fait à Paris ce 27. Octobre 1713.

DANCHET.

PRIVILEGE DU ROI.

LOUIS PAR LA GRACE DE DIEU ROY DE FRANCE ET DE NAVARRE: A nos amez & feaux Conseillers, les gens tenans nos Cours de Parlement, Maîtres des Requestes ordinaires de nostre Hôtel, grand Conseil, Prevôt de Paris, Baillifs, Senechaux, leurs Lieutenans civils & autres nos Justiciers qu'il appartiendra Salut. Nôtre chere & bien amée Damoiselle Marie Anne BARBIER, Nous ayant fait remontrer qu'elle desireroit donner au Public *divers Ouvrages en Prose & en Vers* de sa composition, lequel Ouvrage elle desireroit faire imprimer s'il nous plaisoit luy accorder nos Lettres de Privilege sur ce

neceſſaire : Nous avons permis & permet-
tons par ces Preſentes à ladite Barbier de
faire imprimer ledit Ouvrage en telle forme, marge, caractere, conjointement ou
ſeparément, & autant de fois que bon lui
ſemblera, & de le vendre, faire vendre &
debiter par tout nôtre Royaume pendant
le tems de dix années conſecutives, à
compter du jour de la datte deſdites Preſentes : Faiſons defenſes à toutes ſortes de
perſonnes de quelque qualité & condition
qu'elles ſoient d'en introduire d'impreſſion
étrangere dans aucun lieu de nôtre obéïſ-
ſance, & à tous Imprimeurs, Libraires &
autres, d'imprimer, faire imprimer, vendre, faire vendre, debiter ny contrefaire
ledit Ouvrage en tout ny en partie, ny
d'en faire aucuns extraits ſans la permiſſion
expreſſe & par écrit de ladite expoſante ou
de ceux qui auront droit d'elle à peine de
confiſcation des Exemplaires contrefaits,
de quinze cent livres d'amende contre chacun des contrevenans ; dont un tiers à Nous,
un tiers à l'Hôtel Dieu de Paris, l'autre
tiers à ladite Expoſante, & de tous dépens,
dommages & intereſts : à la charge que
ces Preſentes ſeront enregiſtrées tout au
long ſur le regiſtre de la Communauté des
Imprimeurs & Libraires de Paris, & ce
dans trois mois de la datte d'icelles : que

l'impreffion dudit Ouvrage fera faite dans nôtre Royaume & non ailleurs en bon papier & en beaux caracteres conformément aux reglemens de la Librairie, & qu'avant que de l'expofer en vente il en fera mis deux exemplaires dans notre Bibliotheque publique, un dans celle de notre Château du Louvre, & un dans celle de nôtre très cher & féal Chevalier Chancelier de France le Sieur Phelypeaux Comte de Pontchartrain, Commandeur de nos Ordres; le tout à peine de nullité des Prefentes. Du contenu defquelles vous mandons & enjoignons de faire joüir l'Expofante ou fes ayans caufe pleinement & paifiblement fans fouffrir qu'il leur foit fait aucun trouble ou empêchement : Voulons que la copie defdites Prefentes qui fera imprimé au commencement ou à la fin dudit Ouvrage, foit tenuë pour duëment fignifiée, & qu'aux copies collationnées par l'un de nos amez & feaux Confeillers Secretaires foy foit ajoûtée comme à l'Original : Commandons au premier nôtre Huiffier ou Sergent de faire pour l'execution d'icelles tous actes requis & neceffaires fans demander autre permiffion & nonobftant clameur de Haro, Charte-Normande & lettres à ce contraires, Car tel eft notre plaifir. DONNE' à Verfailles le vingt-fixiéme jour du mois de Novembre l'an de grace mil fept cent douze, & de notre regne le foixante-dixié-me. Par le Roy en fon Confeil.

FOUQUET.

Il eft ordonné par Edit de fa Majefté & Arrefts de fon Confeil, que les Livres dont l'Impreffion, fe permet par chacun des Privileges ne feront ven-dus que par un Libraire ou Imprimeur.

Regiftré fur le Regiftre de la Communauté des Imprimeurs & Liéraires de Paris, page 545. num. 601. conformément aux Reglemens, & notamment à l'Arreft du 13. Aouft 1703. A Paris re 28. Decembre 1712.

L. JOSSE. Syndic.

MELANGES
UTILS ET AGREABLES.

A MONSIEUR
L'ABBÉ BIGNON.

ODE.

N jour dans un lieu folitaire,
Loin du bruit je pris mon pinceau,
Pour tracer le Dieu qu'on revere,
Sur le docte & facré coupeau :
Mais par une étrange difgrace
Je me fentis toute de glace,
En moi - même je me cherchai,
J'eus beau r'apeller mon courage,
Il fallu laiffer un ouvrage
Que j'avois à peine ébauché.

   Quoi ? m'écriai-je, quelle honte !
Je ne faurois peindre Apollon !
C'en eft trop, il faut que je monte
Jufqu'au fommet de l'Hélicon.
Là, je rechauferai ma veine,
Là, fur les rives d'Hypocrene,

Tome I.   **A**

Beuvant de ses eaux à longs traits,
Je verrai ma muse renaître,
Et mon feu deviendra peut-être
Plus ardent qu'il ne fut jamais.

A ces mots malgré ma foiblesse
Je prends mon essor dans les airs,
Et je vole jusqu'au Permesse
Où je trouve le Dieu des vers :
Je le vois, comment m'y méprendre ?
Sa lire me fait trop entendre
Que lui-même est devant mes yeux ;
J'entends les filles de memoire
A l'envie celebrer sa gloire ;
Il l'emporte sur tous les dieux.

Quels sons ? quels acords ? tout m'enchante,
Ah ! dis-je alors, qu'ai-je entrepris ?
C'est ainsi qu'il faut que l'on chante
Ce Dieu dont mon cœur est épris ;
Cependant, j'allois, temeraire,
Tracer d'une plume ordinaire
Ce qui passe l'effort humain,
Du grand Zeuxis, du docte Apelle,
Eussai-je le pinceau fidele,
Il me tomberoit de la main.

De ma vaine erreur détrompée
Je cesse alors de me flater,
Et je ne suis plus occupée
Que du soin d'aprendre à chanter,
Quand Phebus dont les vives flames
Penetrent jusqu'au fond des ames
Fait tomber ses regards sur moi :

J'aprouve, me dit-il ton zele,
Mais pour une simple mortelle
C'étoit trop que d'un tel emploi.
   Pour prix de ton ardeur extrême,
Va, pourfuit-il que ton pinceau
Ofe fur un autre moi-même
Faire l'eſſai de mon tableau ;
J'y confens, tu peux l'entreprendre,
Et je prendrai foin de t'aprendre
Comment on celebre un grand nom :
Sois feure de mon affiſtance,
Chante l'Apollon de la France,
Tu le trouveras dans BIGNON.
  Il dit, & moi pleine d'audace
Je part du Pinde fans regret,
Et du Dieu dont tu tiens la place
Je viens faire en toi le portrait.
Pardonne illuſtre ABBE', pardonne,
C'eſt Apollon qui me l'ordonne,
Je ne puis lui defobéïr ;
Je fçais que c'eſt trop entreprendre,
Mais à lui feul tu dois t'en prendre,
Il faut te peindre, ou le trahir
   Commençons, ouvrons la barriere,
Je fens mes efprits r'animez,
Ciel ! quelle brillante carriere
Vient s'offrir à mes yeux charmez !
Au milieu d'un docte Lycée
Je vois une foule empreſſée
Arrêter fur toi fes regards ;
C'eſt en ces lieux que tu proteges

Les honneurs & les priviléges
Des sciences & des beaux arts.
    De quel plaisir je suis saisie
Si - tôt que je t'entends parler !
Le nectar, la douce ambrosie
De tes levres semblent couler ;
Les sciences les plus abstraites
N'ont point d'énigmes si secretes
Que tu ne sçaches dénoüer ;
Tu surmontes tous les obstacles
Et tu prononces des oracles
Qu'Apollon voudroit avoüer.
    Mais quoi ? trop avant je m'engage,
Puis - je me flater qu'à ton tour
Tu veuilles avoüer l'hommage
Que j'ose t'offrir en ce jour ;
Je sens revenir ma foiblesse ;
Le Dieu qui preside au Permesse
En vain me prête son apui,
Je crains une chute funeste ;
Qu'Apollon acheve le reste ;
L'entreprise est digne de lui.

Je vous l'avois bien dit, Madame, que
je n'avois fait qu'ébaucher le tableau de
Monsieur l'Abbé Bignon dans cette Ode ;
Mais je connois trop ma portée pour passer
plus avant, c'est assez pour moi d'avoir osé
commencer ma lettre par l'éloge d'une personne qui est au - dessus de tout ce qu'on
en pourroit dire.

Il n'y a pas moins de temerité à peindre
l'illuftre Magiftrat dont vous allez voir
quelques traits dans l'Ode fuivante : cet
ouvrage a déja paru, mais comme vous ne
m'en avez jamais parlé, je prefume qu'il
n'eft pas arrivé jufqu'à vous.

ODE SUR LA JUSTICE.
A MONSIEUR
D'ARGENSON
CONSEILLER D'ETAT.

QUelle eft cette augufte immortelle
Que je vois defcendre des cieux ?
Tout mon cœur s'enflamme pour elle,
Si-tôt qu'elle brille à mes yeux.
N'en doutons point c'eft la juftice ;
Mortels que chacun obéïffe ;
Elle vient nous donner des loix :
Oracle du maître fuprême,
La terre, l'enfer, le ciel même.
Tout doit reconnoître fa voix.

Digne choix du plus digne maître
Qui ait jamais regné fur nous,
D'ARGENSON, tu fçais la connoître
Cette voix qui nous parle à tous :

A iij

Sur tes conseils elle préside :
Peut-on sans la prendre pour guide
Discerner le mal & le bien ?
C'est sur elle que tout se fonde,
Et le premier trône du monde
N'a point de plus ferme soûtien.

Le maître à qui tout rend hommage
Sur l'équité fonde ses droits,
Louis est sa vivante image ;
Qu'il soit le modelle des Rois
Long-temps cheri de la victoire,
A-t-il fait consister sa gloire
Dans le vain nom de conquerant ?
Non, ce qui le rend plus auguste,
C'est qu'en lui le titre de juste
Confirme le titre de Grand.

En vain un Monarque se flate
Que son pouvoir n'a point d'égal ;
Dès que son injustice éclate
L'univers est son tribunal :
Il se voit contraint d'y répondre
S'il s'egare jusqu'à confondre
L'innocent & le criminel :
Le châtiment, la recompense,
Font, de la main qui les dispense
L'éloge ou l'oprobre éternel.

C'est peu que de sa loi suprême
On apelle au maître des Rois,
Il ré o d comme de lui-même
Des ministres dont il fait choix ;
C'est à ces infaillibles marques

Que du plus fage des Monarques,
La juftice éclate à nos yeux ;
Il commet fon peuple à ton zele,
Et tu fais, Miniftre fidele,
La felicité de ces lieux.

Ici, ma voix eft fufpenduë,
J'ai trop de vertus à chanter,
Et ma recherche confonduë
Ne fçait à quel choix s'arrêter :
Mais c'eft trop garder le filence,
D'où vient que ma mufe balance ?
Mon choix n'eft-il pas déja fait ?
J'ai fçû d'abord me le prefcrire,
Et la juftice peut fuffire
A faire un Miniftre parfait.

O combien fon amour t'enflame !
Qu'il excite en toi de tranfports !
Le feu trop preffé dans ton ame
Cherche à fe répandre au dehors.
De là, ce courroux qui t'anime
A la feule aproche du crime ;
L'épouvante fuit le refpect :
Il n'eft point de fi fier coupable,
Quelqu'effort dont il foit capable,
Qui ne paliffe à ton afpect.

Mais quel bonheur pour l'innocence
Qui jamais ne t'implore en vain !
Sur ton cœur qu'elle a de puiffance !
Tu n'as plus qu'un afpect ferein.
Tel fur les flots un prompt orage
Couvrant le ciel d'un noir nuage

Contraint le jour à se cacher ;
Mais le pere de la lumiere
Reprend-il sa splendeur premiere,
Il rend l'esperance aux nochers.

Ainsi, favorable & severe
Signalant un juste pouvoir
Tour à tour de juge & de pere
Tu remplis le double devoir :
Sourd à l'interêt, à la brigue,
Perçant la plus secrete intrigue
Que l'imposture ose tramer ;
Tel enfin que j'ose te peindre,
Forçant les méchans à te craindre,
Tu portes les bons à t'aimer.

Je n'ose en dire davantage,
Et si j'achevois le tableau,
Loin de m'accorder ton suffrage,
Tu desavoüerois mon pinceau :
Mais mon zele fût-il coupable,
Tu cesserois d'être équitable,
Si tu ne t'en prenois qu'à moi ;
Ta vertu même en est complice,
J'ai voulu peindre la Justice,
Je ne l'ai pu que d'après toi.

Je passe, Madame, à la Dissertation que
je vous ai promise ; mais comme vous ne
m'en quitteriez peut-être pas pour si peu
de poësie je vous promets d'y revenir.

DISSERTATION CRITIQUE
SUR LA TRAGEDIE
D'INO ET MELICERTE,
DE M. DE LA GRANGE, CHANCEL

L feroit à fouhaiter que tous les ouvrages d'efprit fuffent critiquez ; on ne verroit pas regner tant de négligence dans les belles lettres , & les Auteurs feroient plus en garde contre le jugement des Ariftarques de leur fiecle : mais il ne feroit pas moins à fouhaiter que les critiques fuffent plus affaifonnées de fel, que remplies de fiel comme on les voit prefque toutes aujourd'huy. On a plutôt en vûë de déchirer la reputation de l'auteur qu'on cenfure , que d'inftruire le public à qui on fait part de fes reflexions. Je tâcherai de

A v

m'éloigner d'une fin fi vicieufe, & je commence par la condamner, pour donner des armes contre moi, en cas que je m'oublie comme font tant d'autres.

La Tragedie d'Ino & Melicerte a acquis affez de gloire à Monfieur de la Grange pour balancer le chagrin qu'il témoigne contre fes cenfeurs, dans fa Préface : J'ofe même dire que la colere l'a un peu aveuglé, puifqu'après être convenu ; *Qu'il y a beaucoup de perfonnes d'une érudition très-profonde & qui marquent beaucoup de goût pour le théatre* : il dit immédiatement après, *qu'il ne s'en eft prefque point trouvé qui n'ayent regardé cette Piece comme un roman tout-à-fait nouveau, & tiré dans toutes fes parties de l'imagination du Poëte* : d'où il conclud, *qu'il eft furpris que les connoiffances d'aujourd'huy foient fi bornées.* N'eft-ce pas là une contradiction d'autant moins excufable, qu'elle fe trouve dans le cours d'une demie page.

Tout ce qu'on peut juger de plus favorable pour lui dans cette occafion, c'eft que fa Préface eft d'une main étrangere, quoiqu'elle foit faite en fon nom. Il n'eft pas difficile de le prouver par ce qui fuit : l'auteur de la préface dit, *que l'actrice qui a reprefenté le rôle d'Ino & qui l'a joué parfaitement, femble en avoir étudié le caractere dans* Horace : & il finit la même préface en fe flatant *que l'on voudra bien épargner un auteur abfent.* Comment cet auteur abfent a-t'il pû voir joüer l'actrice dont il parle, digne d'ailleurs des loüanges qu'on lui donne ? j'ai crû devoir faire cette remarque pour difculper Monfieur de la Grange de ce qu'il peut y avoir de peu judicieux dans une préface qu'on lui attribuë.

Il n'eft donc pas vrai que des perfonnes d'une profonde érudition, ayent ignoré que le fujet d'Ino & Melicerte eût déja été traité par Euripide: Hyginus en rend témoignage dans fa quatriéme fable. Je n'en dis pas da-

A vj

vantage ici ; Monsieur de la Grange qui l'a fort exactement suivie, me dispense de cette peine, & tous ceux qui regardent sa Tragedie comme un roman tout-à-fait nouveau ne font que des demi connoisseurs : Voici à peu près ce que les vrais connoisseurs ont remarqué dans sa piece : j'ai recuëilli les voix, & tout se reduit à dire 1°. que l'exposition du sujet est un peu confuse. 2°. Que l'action n'est pas assez simple. 3°. Que le dénoüement n'est pas menagé avec art. 4°. Que le stile est negligé, tant pour la phrase que pour la versification. C'est sur ces quatre observations du public que ma dissertation va rouler ; mais pour la faire avec plus d'ordre, je commencerai par l'argument de la Tragedie telle que nous l'avons vûe sur la scene.

Argument de la Tragedie d'Ino & Melicerte.

THemiftée fujete du Roi de Theffalie, & femme d'un époux auffi ambitieux qu'elle, entreprit après la mort du Roy, qui n'avoit laiffé qu'une fille, d'élever fon fils Pala- mede fur le trône, en lui faifant épou- fer cette Princeffe, qui s'apelloit Eü- ridice. Athamas fils d'Eole forma le deffein de s'emparer de ce trône va- quant, & s'avança vers Pellé capitale de la Theffalie avec une puiffante ar- mée : Glocus mari de Themiftée per- dit la vie en deffendant cette Place, & Themiftée fit tant par fa beauté & par fes artifices, qu'elle engagea Athamas à répudier Ino fa premiere femme, fille de Cadmus, & à l'épou- fer elle même pour regner. Athamas ne fut pas plutôt monté fur le trône à la faveur de ce nouvel hymen, qu'il fongea à y placer fon fils Melicerte

en lui faisant épouser Euridice. Themistée n'oublia rien pour rompre un
dessein si contraire à ses vûes, mais
elle auroit eu bien de la peine à y
réussir si la fortune n'y eût pourvû.
Athamas aprit presqu'en même tems
qu'Ino sa premiere femme étoit morte de douleur & de desespoir ; cette
mort dont il étoit coupable par son
infidelité, lui causa tant de remords
qu'il en perdit la raison. Themistée
profita du desordre de ses sens pour
faire regner son fils Palamede ; elle
s'empara de l'autorité suprême, donna des ordres pour faire assassiner
Melicerte fils d'Athamas & d'Ino que
Cadmus son ayeul maternel faisoit
élever dans sa Cour, & fit renfermer
Euridice dans un fort, sous les yeux
d'une esclave que la fortune avoit
fait tomber en sa puissance, sans sçavoir que cette esclave étoit cette même Ino dont Athamas pleuroit si ame-
rement la mort. Le jeune Melicerte,
fils d'Athamas & d'Ino, ayant échapé aux pieges de ceux qui devoient

l'affaffiner, par les foins de Cadmus,
qui le cachoit à tout le monde fous
le nom d'Alcidamas, ne fut pas plutôt
parvenu à un âge propre à porter les
armes, que fon ayeul le mit à la tête
d'une armée, fans pourtant lui reve-
ler le fecret de fa naiffance. Ce Prince devint amoureux d'Euridice dans
une premiere vûë, & fut auffi-tôt
aimé qu'amant. Il gagna deux fanglantes batailles; & ayant reduit Themiftée & Palamede aux dernieres ex-
tremitez, il eut le malheur de tomber en leur pouvoir, pour s'être trop
laiffé emporter à l'ardeur de vaincre.
Themiftée ayant apris par des avis
fecrets que Melicerte étoit caché fous
le nom d'Alcidamas, jura fa mort,
& fit confidence de ce funefte projet
à l'efclave à qui elle avoit confié la
garde d'Euridice. Cette efclave qui
comme je l'ai déja dit étoit Ino même, mere de Melicerte, feignit d'entrer aveuglement dans la vengeance
de Themiftée, & fit fi bien qu'elle
lui fit prendre le change, en en-

voyant Palamede fils de la Reine au
lieu de Melicerte, dans un endroit obfcur où elle attendoit ce dernier pour
le poignarder. Ainfi Themiftée trem-
pa fes mains dans le fang de fon propre fils, Ino fe fit connoître à Athamas, & Melicerte regna fur la Theffalie par le mariage d'euridice.

Quoique j'aye rendu cet argument
auffi fuccint que je l'ai pu, on ne
laiffe pas de s'apercevoir qu'il eft
fort chargé, & l'on en doit inferer
qu'il n'a pas été facile à l'auteur de
la Tragedie de lier toutes ces avantures fans quelque confufion. Pour moi,
j'avoüe de bonne foy, que quelque
attention que j'aye aportée à la premiere reprefentation, j'ay laiffé échaper bien des circonftances que la fuite
m'a rapellées ou plutôt m'a fait
fupofer ; ce n'eft pas que je ne fois
convenuë en lifant la premiere fcene,
que Monfieur de la Grange n'avoit
rien obmis, & que fi je n'avois pas
été au fait dès la premiere fois , je

ne devois m'en prendre qu'à ma memoire qui n'avoit pu suffire à tant
d'images à la fois ; mais comme presque tous les spectateurs se sont trou-
vez dans le même cas ; il faut que ce
soit la faute du sujet ou de la maniere de le traiter. J'ai déja dit que
le sujet est chargé, l'auteur en convient avec tout le monde ; mais c'est
dans ces sortes de sujets qu'un auteur
doit emploïer plus d'art, & Monsieur de la Grange auroit trouvé le
secret de soulager la memoire des
spectateurs, s'il avoit partagé la protase de sa piece en deux scenes ; cela
n'étoit pas difficile, il auroit pu mettre dans la bouche d'Euridice une
partie de ce qu'il fait dire à Palamede & à Themistée, & le faire traiter
dans la passion : rien ne soulage tant
la memoire qu'une exposition faite à
diverses reprises & menagée avec
adresse ; mais ce n'est pas assez de
soulager la memoire, il faut contenter
l'esprit, en l'instruisant sans qu'il s'ap-
perçoive qu'on veuille l'instruire, ce

qui ne fe peut faire qu'à la faveur
de la paffion qui anime la perfonne
qui expofe. Je fais encore une ob-
fervation qui me paroît d'une neceffité indifpenfable, c'eft de fonder l'expofition fur des raifons qui la deman-
dent abfolument & precifément dans
le temps où on l'a fait : nous exami-
nerons bientôt fi Monfieur de la
Grange l'a fait exactement : paffons
à l'action.

Il femble que le nom feul de poëme dramatique demande qu'on agiffe
toûjours, & qu'on ne fçauroit trop
mettre d'action dans ces fortes d'ouvrages ; cependant il y a un tempe-
remment à prendre ; comme l'action
principale doit être une, il faut par
confequent qu'elle foit fimple, la fim-
plicité étant infeparable de l'unité :
je dis l'action principale, car celles
qui ne font qu'acceffoires peuvent
être multipliées autant que le fujet le
demande, pourvû qu'elles aboutif-
fent à la même fin : par exemple,
l'action principale de la tragedie d'Ino

& Melicerte n'eft autre chofe que
l'erreur d'une mere qui tuë fon propre fils en croyant donner la mort à
celui de fa rivale. Or afin qu'une tragedie foit parfaite, il faut que toutes
les autres actions de la piece, que j'ai
apellées acceffoires, conduifent naturellement & neceffairement à cette
action principale, & qu'elles naiffent
les unes des autres avec un enchaî-
nement pareil à celui que nous attri-
buons aux évenemens liez par le deftin : cela fupofé, toute action accef-
foire qui peut être retranchée de la
piece, fans que l'action principale ceffe de fubfifter eft fuperfluë & par confequent vicieufe, telle eft l'épifode
de l'Infante dans la tragedie du Cid :
on l'a peut fuprimer, Rodrigue n'en
fera pas moins le meurtrier du pere
de fa maitreffe, & Chimene n'en ai-
mera & n'en pourfuivra pas moins
fon amant, malgré toute l'opofi-
tion qui fe trouve entre fon devoir
& fa tendreffe : je fçais qu'il y a peu
de tragedie de cette premiere efpece,

& que ce font feulement les moins defectueufes que l'on peut apeller les plus parfaites.

Après avoir parlé de l'expofition & de l'action, il faut dire un mot du dénoüement : on ne peut pas dire que l'auteur n'ait confommé fon action principale. Themiftée a veritablement pris le change & tué fon fils Palamede, au lieu de Melicerte fils de fa rivale ; mais l'auteur ne l'a pas fait arriver à cette fin, par le chemin qu'il falloit prendre ; & les actions acceffoires qui ont precedé la principale en ont paru détachées, ou du moins fi étrangeres au fujet qu'elles ont fait regner une efpece de vuide dans l'acte qui devoit être le plus rempli. Voilà tout ce que j'ai remarqué en general fur la tragedie d'Ino & Melicerte, j'efpere juftifier tout ce que j'ai ofé avancer en entrant dans un détail de toutes fes parties fans toucher à la verification, que j'examinerai à part.

ACTE I.

Scene I.

CE premier acte se passe presque tout en exposition, où l'auteur n'a pas pris soin de faire entrer quelque mouvement de passion qui rendissent la protase moins ennuïeuse ; voyons si cette exposition telle qu'elle est se fait à propos & avec fondement.

Dans la premiere scene Themistée déclare à son fils Palamede le dessein qu'elle a de le faire monter au trône ; Palamede en paroit surpris, ce qui fait voir qu'il l'avoit ignoré jusqu'à ce jour : je ne comprends pas la raison pour laquelle une mere cache à son fils un dessein qui lui est si avantageux : mais suposons pour un moment qu'elle a dû lui en faire un mystere : d'où vient qu'elle s'explique plutôt alors qu'auparavant elle en donne la raison elle-même, me dira-t'on par ces deux vers,

Il eſt tems quand tout nous favoriſe
Que je faſſe éclater cette grande entrepriſe.

Je ne vois pas quelle eſt cette con-
jonĉture ſi favorable, ſeroit-ce le ſecours que ſon frere lui amene ? mais
il n'eſt pas encore arrivé, & elle devroit du moins attendre qu'il le fût,
pour faire éclater cette grande entrepriſe dont elle a ſi long-tems differé
l'execution ; elle demande à ſon fils
s'il ſçait qu'elle ſort d'une race commune ; quelle aparence y a t'il qu'il
l'ignore ? lui qui nous fera bien-tôt
voir qu'il ſçait tant de choſes ? en
effet, pour avoir l'honneur d'expoſer
le premier, il dit à ſa mere qu'il ſcait
non-ſeulement les aĉtions des autres,
mais les ſiennes même ; je n'exagere
point, il n'y a qu'à voir les vers que
l'auteur lui fait dire parlant à ſa mere : après avoir commencé par *je ſçais*,
voici comme il finit en raportant
tout au premier *je ſçais :*

Que cependant Cadmus, pour venger ſa famille
Vient d'envoier ici ſes plus vaillans ſoldats
Sous le commandement du jeune Alcidamas,

Qui gagnant en trois mois deux fanglantes batailles,
Reduifoit notre efpoir à ces feules murailles , &c.

N'eſt-ce pas dire je ſçais que j'ai
perdu deux batailles ; il valloit bien
mieux dire *vous ſçavez* ; comme on
fait dans la pluſpart des expoſitions.

A cet inconvenient près, il faut
avoüer qu'on ne peut pas compren-
dre plus de faits en moins de vers,
& l'on doit même ſçavoir gré à Mr.
de la Grange de faire repeter par
Themiſtée, une partie de ceux que
Palamede a déja racontez ; c'eſt un
art de l'auteur pour les retracer à la
memoire, & pour ſupléer au defaut
d'attention de quelques-uns des ſpec-
tateurs.

SCENE II.

Euridice mandée par Themiſtée
vient ſuivie d'Ino, ſous le nom de
Cleone & ſous l'habit d'une eſclave.
Themiſtée pretexte la longue priſon
de la jeune princeſſe, d'un pur zele
& d'un ſoin particulier pour ſa ſeureté ; je ne ſçais ce qu'Euridice en

pense ; mais ce pretexte ne me paroît pas fort specieux : elle prie enfin cette Princesse de recevoir pour époux son fils Palamede & la quitte sans attendre sa reponse, cela me paroît un peu brusque ; mais l'auteur l'a fait à dessein de menager une troisiéme scene entre Euridice & Palamede : ce qui me paroît fort singulier, c'est que Themistée charge la fausse esclave de disposer le cœur d'Euridice à l'hymen qu'elle a projeté, & lui promet la liberté pour prix de son zele. Je n'aprouve pas qu'on lui fasse cette promesse devant la personne qu'on veut séduire.

SCENE III.

Le début de Palamede est très-galant ; mais il ne finira pas de même comme nous l'allons voir. La reponse d'Euridice est fiere ; mais le nom de seigneur qu'elle donne à Palamede, semble démentir cette fierté ; il est vrai que Monsieur de la Grange a emploïé quelque temperamment pour

pour excuſer cette eſpece de lâcheté :
voici les deux premiers vers de cette
Princeſſe.

Seigneur, car la rigueur de ma longue priſon
Ne m'a que trop inſtruit e à vous donner ce nom.

Il y a beaucoup d'art dans cette
parentheſe, l'ironie porte ſur Themiſtée, qui vient de lui dire avec un
zéle hipocrite, qu'elle ne l'a renfer-
mée dans le fort que pour ſa ſeureté.
Mais je voudrois, après ce jeu d'eſ-
prit, que le cœur reprit ſes droits,
& qu'Euridice ne prodiguât plus le
nom de ſeigneur à un ſujet rebele &
audacieux. Je ne doute point que Mr.
de la Grange n'ait voulut prendre le
contrepied de ce que Monſieur de
Corneille fait dire à Cornelie parlant à Cæſar dans la mort de Pom-
pée, de peur de paroître imitateur
de ce grand maître de l'art. Il n'eſt
pas le ſeul qui ſoit tombé dans ce
défaut pour avoir la gloire de d nn-
ner du nouveau, comme ſi le vrai
n'étoit pas préferable à tout ; Cornelie eſt dans le vrai quand elle dit à

Cæfar que fon malheur ne l'a point
abaiffée jufqu'à l'apeller Seigneur ;
mais Euridice eft dans le faux lors
qu'elle continue à donner le nom de
feigneur à Palamede, par la feule raifon que la rigueur de fa prifon ne l'a
que trop inftruite à le nommer ainfi : & s'il y a quelque difference entre Cornelie & Euridice elle ne fert
qu'à groffir la faute de l'auteur. Cornelie parle à fon égal, & Euridice à
fon fujet ; ne valoit-il donc pas mieux
paffer pour imitateur, que nous donner du nouveau aux dépens du vrai ?
Il étoit facile à Monfieur de la Grange de rectifier cette Scene en retran-
chant le nom de feigneur, qui ne fe
trouve repeté qu'une fois. Les mépris
d'Euridice femblent juftifier l'aigreur
de la reponfe de Palamede, mais
l'invective eft trop forte & l'on ne
doit arriver à de pareils reproches
que par degrez : voici ce qu'i lui dit
en la quittant.

Je n'ai point comme vous de naiffance roïal,
Je n'ai point pour ayeux ni Pelop, ni Tantale ;

Mais le fang d'un fujet connu par fes hauts faits
Vaut bien le fang des Rois fouillé par des forfaits.

Voilà quatre beaux vers, c'eft dom-
mage qu'ils ne foient pas en place;
au refte je fuis furprife que l'auteur ne nous ait pas apris le nom
du pere d'Euridice; il nous fait feulement entendre dans ces quatre derniers vers qu'elle à Tantale & Pe-
lops pour ayeux; je cherche qui pourroit être fon pere dans toute la ge-
nealogie de Tantale, & je defcends
jufqu'à Orefte fans le trouver; voici
l'ordre genealogique; Tantale, Pe-
lops, Atrée, Agamemnon, Orefte;
je ne fçais lequel choifir pour pere
d'Euridice; d'ailleurs je crois l'épo-
gue de Cadmus qui vivoit encore
dans le temps marqué pour l'action
de cette tragedie anterieure à celle
d'Atrée & d'Agamemnon, & peut-
être à celle de Tantale même : cela
fent l'anacronifme.

SCENE IV.

Rien ne m'arrête dans cette fcene

si ce n'est la maniere dont l'auteur fait naître l'amour mutuel du faux Alcidamas & d'Euridice : il ne se voyent qu'une fois & aparemment de fort loin, quoique Monsieur de la Grange les raproche autant qu'il peut par ces deux vers :

La garde des dehors fuïant de toutes parts
Lui permit d'aprocher de nos derniers remparts.

Mais je ne suis pas si severe pour cette entrevûë romanesque que bien des gens l'ont été ; les regles de la tragedie ne le sont que trop & nous mettent quelquefois dans la necessité de choquer un peu la vrai-semblance : passons à la cinquiéme Scene.

SCENE V.

La fausse esclave se fait connoître aux spectateurs pour Ino & commence à les mettre dans ses interests ; le monologue est fort court & les vers en sont fort beaux.

SCENE VI.

Clarigene ancien serviteur d'Athamas & d'Ino, reconnoît cette malheureuse Reine. Cette premiere reconnoiffance fait fon effet & commence ce grand interêt qui regne dans tout le refte de la piece ; Clarigene s'opofe au deffein qu'Ino forme de fe prefenter aux yeux d'Athamas & lui en fait voir tout le peril, il eft auffi prudent que fidele. Ces fortes de caracteres réüffiffent toûjours fur la fcene quand ils font foutenus de quelque pouvoir, tel qu'eft celui de Clarigene qui a beaucoup de crédit fur les foldats & qui fe trouve chef de la garde d'Athamas. Je paffe aux autres actes qui ne me paroiffent pas à beaucoup près fi défectueux que le premier : il en faut peut-être excepter le dernier.

ACTE II.

CEt acte a paru le moins beau de la tragedie, mais on peut dire en fa faveur que s'il n'a pas de

grandes beautés il n'a pas non plus
de grands défauts. Je conviens que
c'eſt le plus grand de tous que celui
d'ennuïer ; cependant j'oſe avancer
qu'il eſt preſque impoſſible qu'il n'y
ait dans le cours d'une tragedie quelques ſcenes & même des actes entiers moins vifs que les autres ; en
voici la raiſon : la fin principale eſt
tout ce que le ſpectateur enviſage,
il y court avec rapidité, & pour peu
qu'on laiſſe ralentir ſon ardeur, la
langueur ſuccede à l'empreſſement ;
or il eſt bien difficile que tous les incidens d'une piece ſoient ſi neceſſairement liez les uns avec les autres
qu'il ne s'y trouve quelque choſe
d'étranger, & je crois que ſi l'on
avoit établi de faire les tragedies en
trois actes elles ſeroient plus parfaites ; la tragedie n'ayant que trois parties, le ſujet, le nœud & le dénoüement : le premier acte ſeroit pour
expoſer le ſujet, le ſecond pour le
nœud, & le troiſieme pour dénoüer.
Je ne dis pas que le nœud doive ab-

folument commencer au premier acte,
ni le dénoüement au dernier ; comme c'est le nœud qui produit l'interest il doit s'étendre plus loin , c'està-dire, commencer le plutôt & finir
le plus tard quil fe peut ; mais auffi
quand il a trop d'étenduë comme il
arrive dans les tragedies en cinq actes, telles que nous les avons trouvées établies : c'est une efpece de
neceffité qu'il y ait quelque vuide
dans quelques actes ou dans quelques
fcenes ; j'efpere qu'on me pardonnera
cette digreffion, revenons à Ino &
Melicerte.

SCENE I.

C'est ici une de ces fcenes vuides
dont je viens de parler & qu'on ne
fçauroit éviter : Clarigene repete une
partie de ce qu'il a dit à Ino ; il nous
aprend que Themiftée & Palamede
font allez au-devant de Thrafile ;
est-ce là dequoi nous intereffer ?

SCENE II.

Quoique Clarigene vienne de nous dire que le Roi l'attend, c'est cependant le Roi même qui vient le chercher, aparemment le bon Athamas s'est impatienté. Tout le monde a trouvé en lui un caractere d'imbecilité qui ne peut produire que le mépris. Ce Roi paroît agité de remords; il se reproche la mort d'Ino & de Melicerte dont son ambition a été la cause. Clarigene lui fait esperer que son épouse & son fils peuvent être encore vivans: j'aprouve qu'il lui donne cette esperance, mais je ne voudrois pas qu'il parlât d'Ino si positivement qu'il fait par ces deux vers:

Ino, peut-être: Ino n'est pas loin de ces lieux,
Peut-être que ce jour va l'offrir à vos yeux.

Voilà deux peut-être bien affirmatifs, & qui pourroient donner de terribles soupçons à Athamas s'il avoit quelque intervale de raison: Atha-

mas veut defcendre du trône, Clarigene combat cette refolution d'une
maniere qui me paroit peu refpectueufe, on en peut juger par ces deux
vers :

Et quelle crainte enfin , quelle neceffité
Peut vous faire defcendre à cette indignit

S C E N E   III.

Aparemment l'auteur a oublié
que Themiftée eft allée au-devant
de Thrafile avec Palamede, puifqu'elle paroît fans parler de l'un, ni
de l'autre : je fçais qu'il fe peut faire
qu'elle ait laiffé fon fils aux portes
de la ville, mais la liaifon des fcenes
demande qu'on dife tout ce qu'on a
fait dans les entre-actes. Athamas
témoigne à Themiftée qu'il eft prêt
à defcendre du trône pour y placer
fon fils : Clarigene continue de s'op-
pofer à cette lâcheté , & le fait d'une
maniere à fe rendre fufpect d'intelligence avec les Thebains : il propofe la paix avec Cadmus par le mariage d'un de ces fils avec Euridice :

B v

jufques-là on peut dire qu'il ne parle que par préfomption, mais il s'explique plus précifément par ces vers :

Et j'ai de feurs garants que par cet hymenée
Vous verrez à l'inſtant la guerre terminée.

Quels peuvent être ces feurs garans ? & les peut-il avoir fans une intelligence avec les Thebains ? je fuis furprife que Themiſtée ne faifiſſe pas ce qu'il avance fi legerement pour l'accufer de trahifon ; le dialogue en auroit été plus parfait, & l'auteur à qui les imitations ne plaifent pas, comme nous l'avons remarqué dans l'acte precedent, n'auroit pas fait dire à Themiſtée ce que Monfieur Racine fait dire à Agripine parlant à Neron dans Britannicus.

Scene IV.

Athamas offre à Euridice l'hymen de Palamede; fous le nom d'un guerrier magnanime, les points de reticence que l'auteur a mis à la fin du dernier vers d'Athamas & du premier d'Euridice me font foupçonner qu'il a voulu joüer fur le nom de guerrier, & faire prendre le change à Euridice, en effet, elle répond :

Et quel eft ce guerrier dont les brillans exploits. ...

Mais comment peut-elle s'y tromper après l'entretien qu'elle vient d'avoir avec Themiftée ; Elle ne doit envifager que Palamede & point du tout Alcidamas dans l'époux qu'Athamas lui propofe ; mais pardonnons-lui ce petit écart en faveur des fentimens qu'elle fait éclater dans la fuite de cette fcene, elle fait joüer un trifte perfonnage à Athamas & furtout à Themiftée ; qu'elle traite avec la derniere hauteur ; cette fierté bien placée a dû faire plaifir aux fpectateurs.

Scene V.

Clarigene vient annoncer que le fecours eft défait & que Thrafile eft mort : il n'y a rien dans cette fcene qui me paroiſſe digne de cenſure.

SCENE VI.

Palamede vient raſſurer & conſoler Themiſtée en lui aprenant qu'Alcidamas eſt priſonnier & que les Thebains ont été repouſſez, Themiſtée jure d'immoler Alcidamas aux manes de ſon frere, Euridice en fremit.

SCENE VII.

, Euridice prend la réſolution de ſauver Alcidamas : nous ne ſçavons pas comment elle s'y prendra & nous n'aprendrons que dans l'acte ſuivant que c'eſt en épouſant Palamede : en effet, les vers les plus intelligibles pour nous, ſont les deux derniers ; les voici :

Le peril eſt preſſant ; volons à ſon ſecours.
Et conſervons ſa vie aux dépens de mes jours.

On peut ſeulement inferer delà qu'elle veut mourir en ſauvant Alcidamas ; & l'auteur, ſi je ne me trom-

pe, a voulu nous faire entendre ;
qu'elle ſe donneroit la mort après
avoir épouſé Palamede, comme fait
Andromaque pour ſauver ſon fils ;
ce ſont là des deſſeins qu'il faut de-
viner : paſſons à l'acte troiſiéme.

ACTE III.

Cet acte eſt un des pl s intereſſans
de la piece, & l s beautés qu'il
renferme meritent bien qu'on faſſe
grace à quelque manque de bien-
ſéance & de vrai - ſemblance qui s'y
trouve : je n'en relevrai donc les
défauts que pour montrer qu'il n'y a
rien de parfait.

Scene I.

La fauſſe Cleone aprend à Themiſtée qu'Euridice conſent enfin à
l'hymen de Palamede à condition
qu'on rendra la liberté à Alcidamas :
il eſt très - naturel que Themiſtée

soupçonne cette Princesse d'aimer
Alcidamas, & il me semble que Cleone qui dans tout le cours de la tragedie, a agit avec beaucoup de prudence s'oublie un peu & dément son
caractere dans cette occasion, elle
auroit dû attribuer à la generosité
d'Euridice ce que Themistée n'impute
qu'à son amour; Alcidamas comba-
toit pour elle par les ordres de Cadmus & la seule reconnoissance pouvoit la porter à demander la liberté
de celui qui ne s'étoit exposé que
pour la scene : voilà un manque de
bienséance, en voilà un de vrai-
semblance qui sera suivi de bien d'autres. Themistée fait confidence à une
esclave étrangere d'un secret qu'elle
ne devoit confier qu'à son propre
fils, encore faudroit-il qu'elle fût
tres-assurée de sa discretion ; elle
aprend à Ino qu'Alcidamas est Melicerte : quoique ce soit là une faute
à en juger avec rigueur, l'effet qu'elle
produit est si beau que je voudrois
l'avoir faite : Rien n'interesse tant

qu'une rivale confidente, nous le voyons dans l'Ariane de Thomas Corneille, & cet endroit d'Ino a achevé de nous en convaincre. La fituation eft des plus vives, le fpectateur déja inftruit que Cleone eft Ino, fent lui-même tout ce qu'elle doit fentir en aprenant que fon fils eft vivant & qu'on le veut faire perir ; ces mouvemens de joye & de crainte qui l'agitent à la fois, reveillent l'interêt & l'attention, & font tant de plaifir qu'ils ne laiffent point de place à la critique : Cela eft fi vrai que perfonne ne s'eft peut-être avifé de demander comment Lycus durant une prifon de dix ans a pû aprendre que Melicerte étoit caché fous le nom d'Alcidamas : eft-il vrai-femblable que ce fecret foit plutôt venu jufqu'à lui que jufqu'à Alcidamas lui-même à qui on en a toûjours derobé la connoiffance ?

SCENE II.

Euridice vient fans être mandée

ni attenduë ; Themiftée qui a refolu
la mort d'Alcidamas & qui ne la dif-
fere que par les confeils d'Ino diffi-
mule aux yeux de cette Princeffe,
mais elle ne le fait pas avec affez
d'art ; elle parle d'une maniere à lui
donner lieu de tout craindre : voici
comment elle s'explique :

Sans penetrer pourquoi d'une jeune Princeffe,
Pour le chef des Thebains, la pitié s'intereffe.

Elle devoit plutôt affecter de loüer
fa generofité qui lui fait facrifier fon
averfion pour Palamede , au falut d'un
heros qui n'eft malheureux que pour
avoir combatu pour elle.

SCENE III.

Cette fcene eft telle qu'elle doit
être, Euridice envifage fon hymen
avec Palamede comme le plus grand
de fes malheurs, fi-tôt que le peril
de fon amant difparoît ; cela eft dans
la nature ; le mal prefent l'emporte
fur tous les maux paffez & fur tous
les maux à venir : Cependant dès

que Cleone lui rapelle le danger
d'Alcidamas qui n'a pû être sauvé
qu'à ce prix, elle cesse de se repentir
de ce qu'elle a fait pour lui, & se
reserve le dernier recours des malheureux, qui est de se donner la
mort, après avoir assuré les jours de
ce qu'elle aime : Ino fait renaître ses
premieres frayeurs en lui aprenant
que Themistée dissimule, & qu'elle
a resolu dans son cœur la mort d'Alcidamas, malgré le sacrifice qu'elle
veut lui faire en épousant Palamede.

Scene IV.

Quoique Cleone en quittant Euridice lui ait promis de sauver son
amant, cette esperance lui paroît si
frivole qu'elle n'ose s'y livrer : ainsi
elle s'abandonne toute entiere à son
malheur.

Scene V.

Je vous avouë que ma surprise n'a
pas été mediocre quand j'ai vû pa-

roître Alcidamas pour la premiere fois ; je le fouhaitois, mais je ne fçavois pas comment l'auteur pourroit s'y prendre pour fatisfaire à mon defir ; quelle aparence, difois-je, que Themiftée qui foupçonne Euridice d'aimer ce Chef des Thebains, permette leur entrevûë ? mais Monfieur de la Grange n'y a pas tant fait de façons ; il a crû fans doute que nous nous perfuaderions qu'on a rendu la liberté à cet illuftre prifonnier fur la feule promeffe qu'Euridice a faite d'époufer Palamede ; mais a-t'il oublié que Themiftée vient de déclarer à Euridice qu'Alcidamas ne fera libre que du moment qu'elle aura donné la main à fon fils, voici fes propres termes dans une des fcenes precedentes :

Madame j'obtiendrai fa liberté du Roi
Au moment que mon fils recevra votre foi.

On pourroit encore dire pour excufer l'auteur, que Clarigene à qui la garde de ce prifonnier eft commife a bien voulu confentir à lui laiffer voir la Princeffe ; mais outre qu'il auroit manqué à fon devoir, cette entrevûë n'eft ni préparée, ni amenée : Au refte, la converfation de ces deux amants n'a que des beautez médiocres de part & d'autre : j'en vois la raifon, des amants qui ne fe font vûs qu'une fois n'ont pas grand'-chofe à fe dire.

SCENE VI.

Cette fixiéme fcene nous dédommage bien de ce qui manque à la précedente ; il eft vrai qu'elle commence par un galimathias auquel les fpectateurs n'ont rien compris, mais la fuite en eft fi belle qu'elle nous fait facilement oublier ce premier défaut. Ino fans fe faire connoître ni à Melicerte ni à Euridice, leur promet fon fecours contre Themiftée avec un air de confiance & d'autorité qui l'a fait paffer dans l'efprit de fon fils pour une Divinité. Rien ne me paroît fi beau que

ce fecret préfentiment qui infpire tant
de refpeét à Melicerte : ce font les
Dieux & la nature qui parlent à la
fois , & les fpeétateurs demeurent
fufpendus à un premier entretien qui
les prépare à quelque chofe de plus
intereffant. La fauffe Cleone aprend
au faux Alcidamas qu'il eft Melicerte
fils d'Athamas & d'Ino ; quoique
nous nous foïons attendu à ce mer-
veilleux , nous n'en fommes pas moins
frapez que s'il nous affeétoit pour
la premiere fois. Cette lettre dont
Ino charge Euridice pour le Roi nous
fait tout efperer pour Melicerte en
faveur de qui nous commençons à
nous intereffer , & nous fait fouhaiter
les heureufes fuites qu'elle doit avoir :
Clarigene qui eft prefent à tout ce
qu'on delibere foutient nos efperances par la connoiffance que nous avons
de fon zele & de fa vertu ; enfin
tout nous prepare à un changement
favorable pour Ino & Melicerte qui
font les principaux heros de la piece
& les plus chers aux fpeétateurs : paf-

sons au quatriéme acte, de nouvelles beautez nous attendent.

ACTE IV.

CEt acte est incontestablement le plus vif, le plus interessant & le plus regulier de la piece & les diverses beautez dont il brille sont telles que Corneille & Racine ne les desavoüeroient pas. Il semble même que l'auteur s'y soit plus attaché qu'à tous les autres par la pureté de la diction & par l'exactitude de la versification; ce n'est pas qu'il n'y ait quelques endroits où il tombe dans sa négligence ordinaire, & où il se livre à cette malheureuse facilité dont on ne peut trop se défier; mais ce n'est que dans certaines scenes peu importantes qu'il neglige son stile: nous l'allons voir dans l'analise des scenes.

SCENE I.

Athamas paroît irrité du deffein que Themiftée a formé d'ôter la vie à Alcidamas, il en parle à Clarigene d'une maniere à faire connoître qu'il n'a pas encore oublié qu'il eft Roi; mais la conftruction eft fi mauvaife & fi peu exacte qu'on entend plutôt ce qu'il veut dire que ce qu'il dit : voici comment il parle de Themiftée.

Du pouvoir souverain fi je m'étois démis,
Avec impunité tout lui feroit permis,
Et je pourrois fouffrir qu'en ma prefence même
On violât un droit qui fût toûjours facré , &c.

Il n'y a perfonne qui ne fente qu'il a dû dire après le fecond vers,

Mais pourrois- je fouffrir , &c.

Clarigene reconnoît fon Roi à ces nobles fentimens ; Athamas les attribuë à un fonge qu'il vient de faire : ce fonge pourroit être cenfuré, il eft fait en plein jour & pendant que tout doit être en action ; il y a peu d'exemples qu'on en ait fait faire de pareils

dans une tragedie ; mais je n'en veux
pas juger avec tant de feverité & les
grandes beautez dont cet acte est rempli meritent quelque indulgence, d'ailleurs ce fonge est beau par lui-même.

SCENE II.

Le grand interêt commence dans
cette fcene : Euridice vient s'acquitter de la commiffion dont la fauffe
efclave l'a chargée : j'aurois voulu
qu'elle n'eut pas d'abord déclaré à
Athamas qu'Alcidamas eft fon fils,
la lettre auroit fuffit pour l'en inftruire, le fpectateur n'en auroit pas
perdu le plaifir de la furprife ; mais
une premiere lueur de beauté qui
s'offre aux yeux des auteurs les fé-
duit quelquesfois jufqu'à leur en faire
négliger de plus grandes : en effet
rien n'eft plus féduifant que ces quatre vers que Monfieur de la Grange
a trouvé fans doute du premier coup
& qu'il met dans la bouche d'Athamas au moment qu'il ouvre la lettre
d'Ino.

D'Ino dans cet écrit je reconnois la main,
Pleurs qui couvrez mes yeux d'un nuage foudain,
Moderez ces transports de douleur & de joye,
N'effacez point ces traits, fouffrez que les voye.

On ne peut pas nier qu'il n'y ait de la pensée, du fentiment, & même du nouveau dans cette maniere de faire ouvrir une lettre tracée par une main qui nous eft chere ; mais il s'en faut bien qu'il n'y ait de l'exactitude dans tous les quatre vers ; celui-ci donne un peu dans le galimathias.

Moderez ces transports de douleur & de joïe.

Ce n'eft pas aux pleurs à moderer les tranfports & il fuffifoit de dire :

N'effacez point ces traits, fouffrez que je les voye.

La lettre d'Ino me paroît trop dure, elle rappelle au Roi ces crimes paffez que fon repentir doit avoir expiez, & lui en reproche de nouveaux dont elle le fçait très-innocent.

SCENE III.

Voici une de ces fcenes qui ne fervent qu'à remplir le vuide qui fe trouve

trouve neceſſairement dans les actions même les plus vives : je ne m'y
arrêterai pas.

SCENE IV.

Clarigene qui par l'ordre d'Athamas eſt allé chercher Melicerte, l'a-
mene auprès de ſon pere ; la reconnoiſſance n'eſt pas ſi vive entre eux
que celle qui ſe doit faire entre le fils
& la mere, mais elle ne laiſſe pas
d'être très-touchante & très-bien
traitée. Athamas eſt plus attentif à
ſauver ſon fils qu'à le poſſeder ; il le
preſſe de fuïr & charge le fidele
Clarigene du ſoin de le conduire au
camp des Thebains. Il y a un art in-
fini dans le reſte de cette quatriéme
ſcene qui après la ſortie d'Athamas
devroit être la cinquiéme ; Melicerte
demande à Clarigene ſi par ſon moyen
il ne pourroit pas revoir cette eſclave
qui a paru tantôt à ſes yeux : l'auteur
a ménagé cette demande de maniere
que Clarigene croit que c'eſt Euridice

C

que Melicerte veut voir & attribuë
à l'amour, ce qui n'est qu'un effet du
sang qui s'explique par un si tendre
présentiment : cela prepare les spectateurs à la reconnoissance qui se doit
faire dans la scene suivante.

Scene V.

Les larmes que cette scene a ti-
rées des yeux de tous les spectateurs
en font mieux l'éloge que tout ce
que je pourrois dire ; la reconnoissance s'y fait par degrez, elle n'est ni
trop longue, ni trop courte, & prou-
ve que nous avons peu d'auteurs qui
entendent mieux le theatre que Mr.
de la Grange.

Scene VI.

Quoique cette derniere scene ait
de grandes beautez, elle n'est pas sans
deffaut. Themistée informée que Melicerte est connu du Roi, soupçonne
justement Cleone d'avoir revellé un
secret qu'elle n'a confié qu'à elle,

ce soupçon n'est que trop bien fon-
dé, mais il semble que Themisthée
ne s'y arrête guere, puisqu'elle se fie
encore à une esclave dont elle croit
avoir été trahie ; elle lui demande
une preuve de fidelité qui détruise le
soupçon qu'elle a fait naître dans son
cœur, & veut que ce soit par ses soins
que Melicerte soit livré à sa vengeance : n'est-ce pas s'exposer à en
perdre le fruit & à être trahie une
seconde fois dans le projet le plus
important de sa vie : voici comme
elle parle :

Pour me convaincre mieux du zele qui t'anime,
Toi - même entre mes mains fait tomber ma victime.

N'auroit - il pas mieux valu que
Themistée n'eut point soupçonné la
fausse esclave & qu'elle eut seulement
pensé que Cadmus qui n'ignoroit pas
le sort de Melicerte eut fait avertir
Athamas qu'il étoit son fils pour le
sauver de la vengeance d'une impla-
cable marâtre : à cela près, rien n'est
si theatral que l'erreur de Themistée

C ij

qui confie le fort de Melicerte à fa
mere même. Il eſt tems d'examiner
le cinquiéme aɕte qui eſt felon moi,
le moins intereſſant & le plus defec-
tueux.

✿✿✿✿✿✿ ✿ ✿✿✿✿✿✿
✿✿✿✿✿✿ ✿ ✿✿✿✿✿✿

ACTE V.

INo & Melicerte qui font les heros
de cette tragedie & qui ont joüé
un ſi beau rôle juſqu'ici ne font prefque rien dans ce dernier aɕte ; c'eſt
ce qui l'a rendu ſi languiſſant & ſi
vuide d'aɕtion.

SCENE I.

Palamede vient nous inſtruire de
la viɕtoire de fon rival aux pieds duquel tous les foldats ont aporté leurs
drapeaux dès qu'ils ont ſçû qu'il etoit
Melicerte, il a cependant un reſte de
reſource en quelques amis raſſemblez
par les foins de Licus.

S C E N E II.

Euridice paroît dans cette feconde
fcene , Palamede lui fait craindre les
effets de fon defefpoir & la laiffe
tremblante pour fon amant.

S C E N E III.

Euridice épouvantée des menaces
de Palamede , fait part de fes frayeurs
à Athamas qui n'oublie rien pour la
raffurer : quel interêt & quelle action
pour un cinquiéme acte qui doit couronner l'ouvrage !

S C E N E IV.

L'Imprimeur a mal cotté les fcenes : ainfi celle qu'il apelle la fixiéme
n'eft que la cinquiéme ; Themiftée
croyant avoir poignardé Melicerte
vient triompher de fa mort aux yeux
d'Athamas & d'Euridice ; quelle im-
prudence ! n'eft-ce pas s'expofer à
un peril manifefte. Athamas de fon
côté ne fe met pas en devoir de ven-

ger la mort de son fils par celle de Themistée, quelle lacheté ! je ne sçaurois juger entre ces deux actions laquelle est plus contraire à la vraisemblance & à la nature.

SCENE V.

L'aparition de Melicerte qu'on croit mort commence la peripetie & fait beaucoup de plaisir aux spectateurs, Themistée confonduë commence à sentir toute l'horreur de sa méprise.

SCENE VI.

Ino vient expliquer tout ce qu'il y avoit d'obscur dans la scene précedente, elle aprend à Themistée qu'elle lui a envoïé Palamede au lieu de Melicerte & qu'elle n'a pas crû pouvoir mieux se venger d'elle qu'en lui faisant égorger son propre fils : je ne sçais si une vengeance si noire convient au caractere d'Ino qui nous a toûjours parû si vertueuse : je sçais

que c'eft l'action hiftorique, mais il
falloit donc donner un autre caractere à Ino : pour moi je l'aurois faite
vertueufe, & je me ferois bien gardée
de la rendre criminelle à moins qu'elle n'eût été forcée à l'être. Elle ne
l'eft pas dans l'hiftoire de gayeté de
cœur comme dans la tragedie, &
Melicerte étant vainqueur & reconnu
generalement de tous fes fujets : je ne
vois pas quelle neceffité il y a de
mettre cet affreux paricide fur le
compte d'Ino. J'aurois voulu difpofer
les chofes de maniere que Themiftée
eut pris le change par quelque fatalité qu'on n'auroit pû imputer qu'à une
jufte vengeance des Dieux : au refte,
les imprecations de Themiftée conviennent à fa fureur, mais fes prédictions ne conviennent pas à la piece,
& il n'en feroit que mieux qu'elles en
fuffent retranchées.

Il eft très-certain qu'on ne pouvoit pas réüffir plus mal dans un cinquiéme acte qui doit être le plus beau:
j'ajoûte même qu'il étoit très-facile

de le rendre digne des précedens :
& voici comme on auroit pû s'y
prendre.

Rien n'étoit plus aifé que de finir
le quatriéme acte par la fuite de Me-
certe, après fa reconnoiffance avec
Ino, il reftoit à l'auteur une fcene
entre Ino & Themiftée qui auroit
jetté plus d'action dans le commencement du cinquiéme acte ; Ino auroit accepté l'emploi dont Themiftée
l'auroit chargée ; Themiftée feroit
fortie pour aller attendre fa victime :
l'emploi auquel Ino auroit feint de fe
prêter auroit fourni un très-beau monologue pour la feconde fcene, elle
fe feroit déterminée, non, à faire
poignarder Palamede par fa propre
mere ; mais à fauver fon fils Melicerte en le détournant du piege que
Themiftée lui tendoit. La troifiéme
fcene auroit été très-vive, Melicerte
vainqueur fe feroit préfenté à fa mere, & après lui avoir rendu compte
de fes fuccez, il auroit voulu courir
à l'apartement d'Euridice, entraîné

par son amour ou plutôt par sa destinée ; Ino épouvantée auroit tâché
de le détourner d'un dessein si fatal
pour lui & auroit couru sur ses pas,
voïant qu'il s'obstinoit à chercher son
amante. Il auroit fallu fonder cette
obstination sur quelques avis qu'on
lui auroit donnez que son rival veut
enlever sa maîtresse : son rival auroit
voulu effectivement l'enlever & seroit tombé dans le piege que Themistée auroit préparé pour Melicerte : il me semble qu'en voilà plus
qu'il n'en faut pour faire un cinquiéme acte qui n'auroit pas démenti les
quatre précedens.

Voilà, Madame, mes reflexions
sur la tragedie d'Ino & Melicerte,
je souhaite qu'elles soient conformes
aux vôtres : j'ai encore quelques observations à faire sur la versification ;
j'abregerai ce dernier examen.

On fait si peu de cas de la versification dans un poëme dramatique,
qu'on dit communément que la piece
st faite quand il n'y a plus qu'à la

mettre en vers ; je n'avois jamais été
de ce fentiment , mais je vous avoüe ,
Madame , que le fuccès d'Ino & Melicerte commence à me perfuader
qu'il en pourroit être quelque chofe :
cependant tant que je verrai les efprits fufpendus entre Corneille &
Racine , je n'abjurerai pas tout-à-fait
mon erreur , fupofé que mon premier fentiment en fut une ; & il n'y
a perfonne qui ne doive convenir ,
que fi Racine n'avoit pas répandu
un charme féduifant dans toute fa
diction , il y auroit déja long - tems
que la queftion feroit décidée en faveur de Corneille ; mais il s'agit ici
de Monfieur de la Grange & non de
ces fameux Maîtres du theatre ; fa
verfification nous fait voir qu'il ne
les fuit que de loin , & tout ce que
nous pouvons dire pour l'excufer ,
c'eft qu'il étoit bien jeune encore
quand il a fait cette tragedie quoiqu'il ne l'ait donnée que depuis un an.
Commençons notre examen.

ACTE I.

SCENE I.

DE nos longues frayeurs suspendront ils le cours ?

La métaphore n'est pas juste ; le cours ne convient pas aux frayeurs : en voici une qui n'est pas moins dé- fectueuse :

Déja lassé d'un rang dont l'éclat l'embarasse.

Ce font les soins qui embaraffent & non pas l'éclat.

Du succès que j'attends je suis persuadée.

Ce vers est tout-à-fait prosaïque ; c'est tout ce qu'on pourroit faire que de le passer dans le discours familier.

SCENE II.

Cette scene est assez bien versifiée.

SCENE III.

Ah ! me soupçonnez-vous , Madame , si j'espere ,
De prétendre abuser du pouvoir de ma mere.

Quoique *si j'espere*, soit entre deux virgules, il ne laisse pas de faire un sens louche ; je le supose entre deux virgules, car dans l'impression il n'y est pas.

Comptez avec vous - même & rendez - vous juste.

Quelle maniere de s'exprimer que celle du premier hemistiche !

SCENE IV.

Où le Chef des Thebains conduisant son armée.

C'est aux guides à conduire l'armée ; mais pour le chef, on doit dire, pour s'exprimer noblement, qu'il est à la tête.

Ses yeux étincelans de l'ardeur du combat
Attachez sur les miens perdirent leur éclat.

Qu'est - ce que c'est que ces yeux qui perdent leur éclat ! l'amour devoit plutôt le redoubler : je sçais que ce n'est pas à la Princesse à dire qu'il l'aima aussi - tôt qu'il la vit ; mais quand elle n'auroit pas dit le reste, il n'en auroit été que mieux, & nous n'aimons pas qu'on nous peigne des

yeux qui perdent leur éclat : je me
doute que l'auteur a voulu dire qu'ils
s'adoucirent , & que la colere fit place
au refpect , à la moderation , ou à la
pitié.

> *Ma derniere efperance*
> *N'eft plus que dans tes foins ou dans ta diligence*
> *Pour vivre, ou pour ceder à mes ennuis mortels.*

Que veut dire ma derniere efperance pour vivre, ou pour mourir,
efperer convient à la vie, mais la
mort ne peut être que l'objet du defefpoir : j'aurois mieux aimé, *Dans*
tes foins & dans ta diligence, que
dans tes foins, ou, dans ta diligence,
il n'y doit point avoir d'alternative.

La cinquiéme fcene me paroît bien
écrite.

Scene VI.

> *Un parti d'ennemis dont les champs font couverts*
> *M'arrête, m'envelope & me chargé de fers.*

Ino vient de dire qu'elle s'eft expofée fans fuite au peril d'un voïage ; comment peut-on enveloper

une personne feule ? d'ailleurs la gradation n'eft pas bien fuivie ? n'au-
roit-il pas mieux vallu dire, *m'en-*
velope m'arrête, que *m'arrête m'en-*
velope.

Dieux ! que me dites-vous ? le bruit de mon trépas
A-t'il touché le cœur de l'ingrat Athamas ;
Que dis-je ? mon époux m'aimeroit-il encore ?

Voilà un *que dis-je* bien placé.

Madame y penfez-vous ?

Peut-on parler d'une maniere plus
baffe, & moins refpectueufe ?

Ce que je crains d'aprendre & brûle de fçavoir.

Je ne vois pas ou porte l'antithefe ;
Ino peut-elle craindre d'aprendre
qu'Alcidamas eft Melicerte ?

Il nous eft important d'avoir un prompt remede.

Outre qu'il faut dire, *il nous im-*
porte, avoir un remede eft bas.

Pour le bonheur du Roi, qu'à vos vœux tout fuccede
Et que puiffent les Dieux.

A-t'on jamais dit *& que puiffent ?* il
n'y avoit qu'à mettre, *puiffent les*
immortels & la phrafe auroit été
françoife.

ACTE II.

L A premiere scene est assez bien
versifiée.

SCENE II.

Et bien si mes transports, &c.
Ne sçauroient.

L'auteur donne à la particule *si* le
même regime qu'on donne à la particule puisque ; mais sans être Gram-
mairienne je sens bien que cela ne
doit pas être de même : on dit puisqu'ils ne sçauroient , mais non pas s'ils
ne sçauroient. Il y a pourtant un
exemple dans l'Opera de Bellerophon
d'un semblable regime ; *si je ne sçau-*
rois être heureux , mais une faute n'en
excuse pas une autre.

Que Cadmus le sçachant , sous un nom suposé,
Ait répandu les bruits qui nous ont abusé.

Je crois que c'est une faute d'impression, & qu'il doit y avoir *que*

Cadmus le cachant.

Il fe peut faire que ce foit ici une
feconde faute d'impreffion ; en mettant *nous* il faut dire *abufez* au plu-
rier ; mais en en mettant *vous*, *abufé*
fubfifte & la rime eft bonne.

> *Et pour le faux eclat qui fort d'un diadême*
> *Aux plaifirs les plus doux j'ai renoncé moi - même.*

L'éclat qui fort ne me paroît pas
une expreffion bien brillante, & *moi-
même* eft une cheville pour rimer.

> *Et toûjours de fraïeur mon efprit éperdu*
> *Me fit voir fur ma tête un glaive fufpendu.*

Ce n'eft pas l'efprit, mais bien la
fraïeur qui fait voir le glaive fufpen-
du en le préfentant à l'efprit.

> *Et que nos ennemis avant votre trépas*
> *Ne verront point ici d'autre Roi qu'Athamas.*

Ce n'eft pas trop le raffurer contre fes ennemis que de lui dire qu'il
mourra Roi ; il feroit bien mieux de
lui dire qu'il deffendra fon trône &
fa vie contre tous leurs efforts.

SCENE III.

Que votre fils l'occupe & qu'il en soit l'apui.

Ce n'est pas à celui qui est assis sur le trône à en être l'apui.

*Madame ces avis sont assez d'importance
Pour forcer mon respect à rompre le silence.*

Le respect empêche de parler, mais il ne rompt pas le silence; c'est le devoir qui le rompt malgré le respect.

*Croïez, s'il vous falloit consoler de ma perte,
Que vous vengez Ino, Cadmus & Melicerte.*

Cette construction me paroît très-vicieuse; l'auteur a voulu dire, croïez, s'il le faut, pour vous consoler de ma perte, &c.

SCENE IV.

D'un trône chancelant vous feriez peu d'estime.

On ne peut s'exprimer d'une manière plus triviale & plus prosaïque.

SCENE V.

Veuillent les juſtes Dieux que ma peur ſoit deçûë.

Ma crainte ſeroit plus noble que *ma peur.*

SCENE VI.

Mais quelques droits qu'enfin vous y puiſſiez prétendre.

On ne dit pas prétendre des droits, le mot ſeul de prétendre ſufit, puiſqu'il ſignifie avoir droit.

SCENE VII.

Me va livrer bientôt au comble des horreurs.

On ne dit pas livrer au comble, il valoit mieux mettre, *va me faire arriver au comble des horreurs.*

ACTE III.

SCENE I.

A l'hymen propoſé va bien-tôt conſentir.

L'hymen proposé est une expression peu digne de la tragedie.

Qui craint que je l'immole aux manes de mon frere.

Craindre, demande une négation.

Sçait-il qu'il est son fils ?
Non, il ne le sçait pas.

Quelle maniere de versifier & de
dialoguer.

A quelque prix que tombe sa fierté.

Quel verbiage mal digeré, que
veut dire sa fierté tombe à un prix ?

Il ne prendra nul soin d'écarter ma victime.

Je ne trouve que de la prose dans
tous ces vers.

SCENE II.

Cette seconde scene est passable.

SCENE III

Mais enfin s'il éclaire un fatal hymenée,
Si pour m'en garantir il n'est point de secours,
Ce jour fatal, &c.

La transposition est outrée.

SCENE IV.

Cette fcene eft courte & moins défectueuse que les autres.

SCENE V.

Il eft vrai toutefois que l'état où je fuis
Mele quelque amertume au bien dont je jouis.

Cette rime eft pitoyable, il n'y a qu'à confulter l'oreille pour en être perfuadé.

La fortune a changé mon deftin glorieux.

Le vers qui fuit celui-ci fait voir qu'il y a une faute de ponctuation; l'auteur n'étoit pas à portée de corriger les épreuves, ainfi ce n'eft pas à lui qu'il s'en faut prendre.

Aveque moi les Dieux.

Il y a longtemps qu'on a profcrit *aveque.*

Ils fçauront empêcher qu'elle me foit ravie.

Le verbe *empêcher* regit une *negation.*

Je ne vous preffe plus de fonger à la fuite

Et dans l'état cruel, &c.
Combattons.

La conjonction &, fait une mauvaife conftruction, il falloit mettre,
non , & tout le refte fubfiftoit.

Vaincu, chargé de fers, oferoit-on prétendre
Ce bien qu'en vainqueur même on n'eut pas lieu d'at-
tendre ?

Ce fentiment eft beau , c'eft dom-
mage qu'il foit fi mal exprimé, il
faudroit pour bien conftruire, *on*
n'eut pas lieu d'attendre ; le vers auroit été gâté ; mais il n'y avoit qu'à
dire :

Vaincu, chargé de fers , oferoit - on attendre
Ce bien qu'en vainqueur même on n'eut ofé prétendre.

Pour un fils innocent , lui qui fut fi cruel
Le deviendra-t'il moins pour un fils criminel ?

Ces deux vers fon magnifiques ,
l'antithefe & la confequence en font
juftes, mais il ne fied pas à un fils
vertueux, tel que Melicerte, d'ap-
peller fon pere cruel : ajoûtez à cela
que le crime dont ce Prince s'accufe
n'eft qu'imaginaire & qu'il combat
contre fon pere fans le connoître.

Ici Ino devroit le raffurer par les remords d'Athamas dont Clarigene l'a inftruite ; mais elle fe contente de lui dire que cet ami fidele ne l'abandonnera pas; voici comme elle s'explique:

Seigneur , attendez tout d'un ami fecourable
Qui me promet pour vous un fort plus favorable.

Cela dit quelque chofe ; mais Ino auroit dû en dire davantage pour difpofer le cœur de fon fils à oublier la dureté de fon pere ; une tendreffe mutuelle auroit rendu la reconnoiffance plus vive.

Souffrez que jufques-là ma timide prudence
De la Reine avec art garde la confiance.

Garder la confiance de quelqu'un, ne me paroît pas une phrafe bien françoife ; *avec art*, eft une efpece de pleonafme dans cette ocafion, la prudence & l'art font des termes prefque finonymes.

Du cours de fes bontez j'ofe tout efperer.

L'auteur fe fert fouvent du terme de *cours* fans fe mettre en peine fi la metaphore eft jufte.

ACTE IV.

L A versification m'a paru beau-coup plus exacte dans cet acte que dans les précedents : voici seulement ce que j'ai remarqué.

SCENE I.

*Accablé des travaux, des soins & des allarmes
Qu'ajoûtent à mes maux le tumulte des armes.*

Outre que les hemistiches riment, il y a dans le second vers une faute contre la grammaire ; *le tumulte* est au singulier, *& ajoûtent*, est au pluriel : il faudroit mettre *le tumulte* & les *armes.*

J'y suis vite accouru, j'ai cherché vainement

Accouru vite est un pleonasme, d'ailleurs, *vîte* n'est pas bien noble ; pour moi, j'aurois dis:

Je me leve, j'accours, & cherche vainement.

Il me semble que cette maniere de parler auroit été plus serrée & plus vive.

SCENE II.

Dites par qui, comment & quand vous l'a t'on renduë?

On ne dit pas *par qui vous l'a-t'on renduë*, mais par qui vous l'a - t'on fait rendre, ou qui vous l'a renduë : je ne fçais fi cette critique n'eft pas trop fevere, mais c'eft la premiere fois que j'ai eu recours au purifme.

SCENE III.

Son ordre, fon nom feul, peut ici plus que toi.

Il faudroit dire *fes ordres*, à moins que l'auteur n'eût voulu parler de quelque ordre particulier que la Reine eût donné pour faire perir Melicerte.

Ses jours font en peril, je ne puis l'oublier.

L'oubli ne peut tomber que fur le paffé, & non fur le prefent.

Mes ennemis confus d'avoir manqué leur crime.

Je ne fçais ce que Monfieur de la Grange entend par confus ; eft-ce de la honte d'avoir manqué un crime qu'il

qu'il s'agit ici ? d'ailleurs, je ne voudrois pas garantir *manquer son crime,*
on dit bien manquer son coup, mais
ce n'est pas la même chose, cependant
je ne condamne pas tout - à - fait cette
expression.

SCENE V.

A toutes leurs fureurs elle se croit en proïe.

Le sens demande *elle seroit en
proïe ;* il y a apparence que c'est une
faute d'impression.

SCENE VI.

Moi-même à son couroux pourrai-je m'échaper?

On dit échaper au couroux, ou
s'échaper du couroux.

SCENE VII.

Et de nos combattans la valeur épuisée.

On dit les forces épuisées, mais
non pas la valeur ; je ne crois pas
qu'il y ait d'exemples du dernier.

Et sans perdre un moment tu sçauras l'attirer

Dans un paſſage obſcur que je te vais montrer ;
Mais trouvant Themiſthée au lieu de la Princeſſe.

Ce *mais* ne me paroît pas en place;
il auroit été plus à propos & plus vif
de mettre :

Là trouvant Themiſtée

❦❦❦❦❦❦❦❦❦ ❦ ❦❦❦❦❦❦❦❦❦

ACTE V.

Scene I.

Les ſoldats, pour ſe rendre ont donné le ſignal.

Je n'entends pas ce que c'eſt que
ce *ſignal* pour ſe rendre.

Mais pourquoi le ceder ? par d'éclatans forfaits
Oſons - nous ſignaler ; embraſons ce Palais

Le dernier hemiſtiche du premier
vers, & le premier du ſecond feroient un beau vers ; au lieu que
c'eſt un défaut de finir le ſens du premier vers au premier hemiſtiche du
ſecond ; il y auroit plus d'exactitude
à dire,

Mais pourquoi le ceder ! embraſons ce Palais,
Signalons ma fureur par d'éclatans forfaits.

SCENE II. OU III.

Vous n'aurez point fujet de pleurer fa victoire.

On emploïe indifferement point & pas, je voudrois bien pourtant, qu'on y mit quelque difference, d'autant que *point* eft plus abfolu que *pas*: l'exemple en eft fenfible dans ce vers; il faudroit dire *vous n'aurez pas fujet*: car en mettant point, il femble qu'on devroit dire *vous n'aurez point de fujet*, c'eft-à-dire, *point du tout abfolument*: il ne convient pas à un heros tel qu'on a peint Palamede de pleurer la victoire de fon rival: il faudroit dire *de vous plaindre*.

SCENE IV.

Quelque fuccès heureux qui femble me flater.

Succès heureux me paroît un pleonafme; je fçais qu'on dit bon & mauvais fuccès; mais la fin de ce vers détermine le fuccès & rend l'épithete d'*heureux* très-inutile.

D ij

SCENE V.

Euridice.

Qu'à s'allarmer Seigneur, la tendresse est facile !

Athamas.

Et l'amour paternel n'est guere plus tranquile.

La conjonction & fait une très-mauvaise construction dans ce second vers.

Un reste de guerriers animez par Thrasile.

L'auteur veut dire sans doute animez par la mort de Thrasile ; puisque Thrasile est mort dès le second acte, c'est une expression dont il faut déviner le sens.

Je sçaurai les contraindre,
Madame, à respecter Melicerte, à le craindre.

La gradation n'est pas juste ; respecter ses ennemis est quelque chose de plus que de les craindre.

SCENE VI.

C'est à moi
Qui joüis à tes yeux de la douceur extrême
De n'avoir à sa perte emploïé que moi-même.

Eſt-ce une douceur extrême pour
Themiſtée de n'avoir emploïé qu'elle même à la perte de Melicerte? je
n'en vois pas la raiſon; mais ſupoſé
qu'il y en ait une, elle va ſe contre-
dire un peu plus bas, par ces vers:

J'ai voulu qu'Euridice
Eut part a ſon trépas & devint ma complice.

Il ne nous attaquoit que pour s'aſſurer d'elle.

S'aſſurer de quelqu'un n'eſt jamais
pris en bonne part; c'eſt plutôt le
faire priſonnier que briſer ſes fers:
& Monſieur de la Grange l'emploïe
ici dans un ſens tout opoſé.

Enivré de l'eſpoir d'être attendu de vous.

L'auteur a voulu dire par la croïance qu'il étoit attendu de vous; eſpe-
rer & croire ſont deux choſes bien
differentes: le premier a l'avenir pour
objet, & l'autre le preſent: c'eſt un
manque de juſteſſe.

SCENE VII.

Seigneur, un plein ſuccès finit mon entrepriſe.

D iij

Le succès suit l'entreprise, mais c'est parler improprement que de dire qu'il l'a finit.

SCENE DERNIERE.

Ce devroit être à moi de vous demander grace.

Ce devroit être à moi, me paroît prosaïque ; *c'est à moi* conviendroit mieux.

Sur qui l'injuste sort qui trahit mon couroux,
Au lieu de Melicerte a - t'il conduit mes coups ?

Au lieu de Melicerte, n'est pas bien construit dans cette phrase ; il seroit fort bien de dire qui ai - je immolé au lieu de Melicerte ; la raison en est, qu'on sous - entendroit au lieu *d'immoler* Melicerte : il étoit aisé de racoimmoder ces deux vers en disant :

Sur qui l'injuste sort, qui trahit mon couroux,
Epargnant Melicerte, a - t'il conduit mes coups.

Voici une faute de construction que j'ai remarquée plus d'une fois.

Crois que ce sont les Dieux qui me l'ont inspirée,
Et pour remplir mon cœur des plus heureux transports
Mon fils triomphe & règne.

La particule *&* demanderoit la re-
petition de la particule *que.*

Te change ta famille en des objets teribles.

Te change, qui veut dire *change
à toi*, eſt une maniere de parler pro-
vinciale, il n'y avoit qu'à mettre :

Transforme ta famille, &c.

Voila, Madame tout ce qui s'eſt
préſenté à mes yeux en parcourant
les vers d'Ino & Melicerte : je ne
doute point qu'une recherche plus
exacte ne m'eût fait faire de nouvelles découvertes ; je vous avoüerai même, que j'ai paſſé volontairement
par deſſus des fautes qui ne meritoient
pas d'être relevées ; en voici une de
ce nombre, c'eſt Euridice qui parle
ſeule.

Cleone, en ſes diſcours, quel eſpoir puis-je prendre ?

Pour dire quel eſpoir puis-je prendre au diſcours de Cleone.

Au reſte, Madame, pour vous tenir tout ce que je vous ai promis ce
ſeroit ici le lieu d'examiner le dia-

D iiij

logue ; mais comme cela me mene-
roit trop loin, vous vous contente-
rez, s'il vous plaît, que je vous cite
deux ou trois endroits où il peche.

Dans la quatriéme scene du premier acte, Ino dit à Euridice que le
jeune Melicerte lui avoit autrefois été
destiné pour époux ; voici comment
Euridice répond :

Ah ! Cleone, les Dieux ont pour moi trop de haine,
C'est peu d'être captive où je dois être Reine, &c.
A des maux plus cruels ma vie est reservée.

Est-ce là répondre précisément,
& l'aveu qu'elle lui va faire de son
amour est-il préparé, ni amené ?

Dans le second acte, scene I V.
Athamas dit à Euridice qu'il est tems
de lui rendre un bien qu'on lui a
fait attendre trop long-tems ; ensuite
il lui propose un guerrier magnanime
pour époux : Euridice prend le change mal à propos, comme nous l'avons
remarqué en son lieu ; Athamas s'explique plus clairement, & lui déclare
que c'est Palamede qu'il entend par

ce guerrier magnanime ; Euridice répond à une demande qui a été inter-
rompuë , de forte qu'il faut que le fpectateur remonte du quatorfiéme vers
au premier pour trouver de la fuite
dans le dialogue.

Dans la premiere fcene du troifiéme acte , Themiftée demande à la
fauffe efclave quel interêt prend Euridice dans le fort d'Alcidamas ; Cleone lui répond :

Je ne ffais ; mais tantôt, pleine pour vous de zêle
J'ai voulu penetrer le fecret de fon cœur.

La fuite du difcours demanderoit ;
je n'ai rien découvert, ou quelque
chofe de femblable : L'auteur fait interrompre Cleone, de forte qu'elle
n'acheve pas ce qu'elle a voulu dire.

Le premier dialogue qui fe fait
entre Melicerte & Euridice dans la
cinquiéme fcene du même acte eft le
plus défectueux : ils font fi charmez
de fe voir qu'ils ne penfent pas à ce
qu'ils doivent fe dire : Euridice preffe
le faux Alcidamas de fuïr, Alcida-

D v

mas lui répond, qu'il veut demeurer
& qu'elle doit tout attendre des efforts
de fon zêle ; Euridice change brufquement de deffein , & lui dit :

Je ne vous preffe plus de fonger à la fuite.

.. Aparemment la promeffe que fon
amant vient de lui faire la détermine
à ce changement ; mais Alcidamas
oubliant cette promeffe , renverfe
toutes fes efperances par ce vers :

Et de mon fecours feul que pouvez-vous attendre ?

Je n'en dirai pas davantage , Madame , je fuis perfuadée que les deffauts que je puis avoir laiffé paffer
n'échaperont pas à votre pénétration;
cependant je crois que vous ne laif-
ferez pas , malgré tous ces deffauts
de rendre juftice à l'auteur , & de
convenir que les beautez de fa tragedie, prévalent fur les negligences
qui s'y font gliffées : je fouhaite que
la premiere dont j'aurai à vous parler dans mon fecond recüeil, ne foit
pas plus mauvaife : elle pourroit l'être

avec moins de deffauts : c'est ce que le tems nous éclaircira.

JE vous tiens parole, Madame, je reviens à la poësie, que je n'ai interompuë que pour diversifier ce recuëil ; je vais donc vous faire part d'une avanture que j'ai cachée sous le voile de l'églogue, c'est de Monsieur le Marquis de * * * & de Mademoiselle de * * * dont je vais vous entretenir : Vous sçavez qu'ils s'aiment depuis long-tems & que des raisons de familles leur ôtent la liberté de se voir aussi souvent qu'ils le voudroient ; cette contrainte les a pensé broüiller : un Cavalier ami du Marquis devint presque en un même jour son confident & son rival ; & comme l'amitié perd ses droits, où l'amour fait sentir sa puissance, ce perfide ami forma le dessein de broüiller l'amant & la maitresse en donnant de la jalousie au premier. Il dit un jour au Marquis, d'un air embarassé, qu'il le prioit de le dispenser de certaines visites qu'il rendoit à la Demoiselle, pour faire office d'ami ; le Marquis lui en demanda la raison ; il se deffendit longtems de la dire pour piquer davantage la curiosité de celui qu'il vouloit tromper, & s'étant fait assez longtems presser de rompre le silence, il dit enfin à l'amant qu'il avoit le malheur de plaire à sa maitresse, & qu'il craignoit de devenir son rival : ce poison étoit si bien préparé que le Marquis l'avala sans soupçonner de perfidie la main qui le lui présentoit, & ne consultant que son dépit, il pria son ami de continuer ses visites & de ne se point faire de violence : le fourbe feignit de s'en deffendre pour se rendre moins suspect ; & l'amant qui avoit pris le change, lui dit que l'inconstance de son indigne maitresse l'avoit gueri sans retour, & qu'il se sentoit assez dégagé pour

la voir sans regret entre les bras d'un
autre. La chose alla même si loin qu'il
porta ses vœux ailleurs ; ou du moins
il se persuada qu'il pourroit en aimer
une autre : mais un éclaircissement qu'-
une amie commune ménagea entre
ces deux amants, fit retomber toute
la perfidie sur son auteur ; & le sort
leur a été depuis si favorable, que
je crois qu'il m'en coutera bien-tôt
un épithalame : J'ai mis cette avanture en deux églogues, comme vous
l'allez voir ; j'aurois été trop prolixe
si je n'en avois fait qu'une.

EGLOGUE.

AMARILLIS, SILVIE.

SILVIE.

D'Où vient Amarillis ce transport de colere ?
Vous battez vos moutons ! ont-ils pû vous dé-
plaire ?
Quoi? vous frapez toûjours! qu'à-t'il fait ce troupeau
Qu'on vous vit préferer à tous ceux du hameau ?

AMARILLIS.

Puis-je trop le punir ? tu vois, chere Silvie,
Cet orme où j'ai perdu le repos de ma vie ;
Mon troupeau tous les jours m'y conduit malgré moi;
C'est-là que le berger qui m'a manqué de foi
Me fit mille sermens d'une amour éternelle,
Serments qu'il a trahis. ...

SILVIE.

Quoi ? Tircis infidele !
Je ne puis revenir de mon étonnement.

AMARILLIS.

Que ne puis-je en douter pour flatter mon tourment?

SILVIE.

Pour moi, je l'avoüerai, je ne sçaurois le croire.

AMARILLIS.

De mes tristes amours , écoute donc l'histoire :
A peine je sortois de l'heureuse saison
Où l'on ne voit briller qu'une foible raison ,
Age d'or de la vie , enfance fortunée ,
D'un espace trop court ta durée est bornée ;
Ah ! que l'on connoît mal le prix de tes plaisirs ,
Ils préviennent les soins & même les desirs.
Vains regrets ! ma raison ne faisoit que de naître ,
A peine je pouvois moi-même me connoître ;
Un jour . . . . Tout a changé depuis ce triste jour ,
Un jour me fit connoître & Tyrcis & l'amour
Vers cet orme fatal , où mon troupeau perfide
Veut à mes pas errants encor servir de guide ,
Je ne sçais quel destin m'avoit fait égarer ,
Sous un feüillage épais j'entendis soupirer ,
C'étoit Tyrcis ; mon ame aussi-tôt fut émuë ,
Pour la premiere fois il s'offrit à ma vûë
Couché sur un gazon qu'il arosoit de pleurs ,
Entouré d'un troupeau témoin de ses douleurs ;
Quoi ! brûler d'une ardeur que rien ne peut éteindre !
Disoit-il ; il faut donc expirer sans me plaindre !
La bergere que j'aime ignore mon tourment ,
Elle tremble au seul nom & d'amour & d'amant ,
Et je ne sçais que trop qu'aux filles de son âge
On en fait tous les jours une effroïable image :
S'il m'échape un seul mot quel sera son couroux ?
Un troupeau frémit moins à l'aproche des loups ;
Ah ! j'aime mieux mourir , que vivre avec sa haine ,
Mais aussi , plus longtems si je cache ma peine ,
Ma langueur me conduit aux portes du trépas ,
Et je meurs de parler & de ne parler pas :
Necessité cruelle où ma flame est reduite !
Ses soupirs de ces mots interrompant la suite ,
Il gemit ; malgré moi je me sens attendrir ,
Je voudrois d'un conseil au moins le secourir ,

Et me joignant à lui contre l'objet qu'il aime
Lui donner pour l'amour l'horeur que j'ai moi-même.
Mais qu'il se passe en moi de mouvemens confus !
Moi-même je me cherche & ne me trouve plus ;
Et sans sçavoir pourquoi, je brûle de connoître,
En voïant tant d'amour, l'objet qui l'a fait naître ;
Dans ce dessein bizarre au lieu de m'aprocher,
A Tyrcis avec soin je cherche à me cacher,
Je me glisse sans bruit, mais non sans épouvante,
Dans un buisson épais que le sort me présente ;
De là par le secours d'une tremblante main
Mes yeux jusqu'au berger s'entrouvrent un chemin,
» Je vois sans être vûe, & les rameaux dociles
» A mes vœux incertains sont doublement utiles :
» Après quelques soupirs à demi resolu,
» Finissons, dit Tyrcis, un tourment superflu,
» Si je ne puis parler, si je ne puis me taire,
» Cher ormeau, de mes feux sois le dépositaire ;
Mais j'exige, pour prix de te sacrifier,
Un secret qu'aux échos je n'ose confier,
Que t'ornant tous les jours d'un plus épais feüillage,
Tu sçaches tattirer la beauté qui m'engage,
Et cacher ses apas même aux yeux du soleil
Quand tu verras les siens fermez par le sommeil.
A peine a-t'il parlé, que sur l'écorce tendre,
Je vois qu'il trace un nom qu'il n'ose faire entendre ;
Curieuse, j'observe, il acheve, je lis :
L'écorce offre à mes yeux le nom d'Amarillis :
Ciel ! quel trouble, ce nom, fait naître dans mon ame !
Mais quoi ! vois ce que c'est que le cœur d'une femme,
De mouvemens divers le mien est agité,
Je trouve avec dépit ce que j'ai souhaité ;
Aussi-tôt je me leve, interdite, éperduë,
Ce Tyrcis que je plains semble offenser ma vûë ;
Je le vois desormais comme un monstre odieux,
Je ne songe qu'à fuïr de ces funestes lieux ;
Mais au bruit des rameaux, foible & fatal azile

Tyrcis courant à moi rend ma fuite inutile ;
Arrêtez temeraire , & craignez mon courroux ,
» M'écriai-je , il m'aborde , il tombe à mes genoux ;
» Vangez-vous , me dit-il , punissez mon audace , .
» Si l'amour le plus pur est indigne de grace ;
» Mais s'il faut me punir pour en avoir parlé ,
» Prenez-vous-en au sort qui vous l'a revelé ;
» Quel que fût mon amour , malgré sa violence ,
» Je m'imposois moi-même un éternel silence ,
» Et je me préparois mille tourmens nouveaux ;
» Mais pour moi votre haine est le plus grand des maux
» Et j'aimois mieux mourir à force de me taire ,
» Qu'en parlant de mes feux risquer de vous déplaire ;
» Mais que ce soit mon crime , ou le crime du sort ,
» J'ai parlé , j'ai déplu , j'ai merité la mort ,
» J'aime , & si vous voulez remplir votre vengeance ,
» Vous n'avez seulement qu'à m'ôter l'esperance ,
» Ma douleur sufira pour me ravir le jour ,
Trop heureux de mourir pour avoir trop d'amour ;
A ces mots , il me jette un regard qui me touche ,
N'attendant pour arrêt qu'un seul mot de ma bouche.
Que devins-je Silvie , en ce fatal moment ?
Je pardonnai l'amour en faveur de l'amant.
Tu sçais quel est Tyrcis.

SILVIE.

    Je sçais qu'il vous engage ;
Mais je ne puis penser que son cœur soit volage ;
Vous ne vous en plaignez que pour parler de lui.

AMARILLIS.

Ah ! ce reproche encore augmente mon ennui ,
Tu me fais entrevoir que j'aime l'infidele
Tout indigne qu'il est d'une flame si belle
Que ne puis-je douter de son manque de foi ?
Philis possede un cœur qui n'étoit dû qu'à moi.

SILVIE.

On dit dans ce hameau que Tamire son pere,
Le presse tous les jours d'aimer cette bergere,
Et qu'il veut que l'hymen les unisse tous deux,
Mais est-on criminel pour être malheureux ?
Pour acabler Tyrcis faut-il que tout conspire ?
Vous l'affligez encor ! est-ce peu de Tamire ?

AMARILLIS.

A l'acuser à tort je pourois consentir !
Mes yeux.... Ah ! je voudrois les pouvoir démentir,
Mes yeux n'ont que trop vû sa perfidie extrême,
Non je n'en doute plus & c'est Philis qu'il aime,
Elle obtint l'autre jour pour gage de sa foi
Des fleurs que je croïois qu'il destinoit pour moi,
Il ne s'en cacha point, ce fut en ma présence
Que de son cœur perfide éclata l'inconstance ;
Helas ! en ce moment, j'en fais l'aveu honteux,
J'entretenois Lycas confident de nos feux,
Tyrcis est son ami ; je lui faisois connoître
Tout l'amour que l'ingrat dans mon cœur a fait naître.

SILVIE.

Lycas en aparence à Tyrcis attaché,
Ou je m'y connois mal, est un rival caché,
J'ai surpris des regards temoins de sa tendresse,
Et vous seule ignorez les vœux qu'il vous adresse ;
Je vous dirai bien plus, Tyrcis en est jaloux,
Et de vos entretiens juge autrement que vous.

AMARILLIS.

Et qu'en peut-il juger ? quoi ? Tyrcis pouroit croire
Que mon cœur eût trahi son amour & sa gloire !
Est-ce ainsi qu'il me traite, & sans être éclairci....

SILVIE.

Mais vous-même pourquoi le traitez-vous ainsi ?

AMARILLIS.

Il change, tu le fçais, & tu veux le deffendre ?

SILVIE.

Dois-je le condamner comme vous fans l'entendre ?

AMARILLIS.

Il fçaura t'éblouïr fi tu veux l'écouter.

SILVIE.

Pourquoi vous privez-vous du plaifir de douter ?

AMARILLIS.

Ah ! cette raillerie eft de mauvaife grace.

SILVIE.

Je prétends entre vous fçavoir ce qu'il fe paffe ;
Je m'en doute, & j'en ris dans le fond de mon cœur,

AMARILLIS.

Eft-ce ainfi que tu dois partager ma douleur.

SILVIE.

Je ris de fes foupçons & j'ai pitié des vôtres,
Ils ne font pas fondez les uns mieux que les autres ;
Mais j'aperçois Tyrcis & je veux tout fçavoir
Il s'avance vers nous.

AMARILLIS.

Je ne veux point le voir,
Fuïons.

SILVIE.

Ne fuïez pas, lui-même il fe retire.

AMARILLIS.

Tu le vois, il me fuit, il n'a rien à me dire
De perfide.... fuis moi, je veux lui reprocher,

SILVIE.

Ne coûrez pas, il vient lui-même vous chercher.

AMARILLIS.

Retournons sur mes pas, il y va de ma gloire ;
Quelle honte pour moi si l'ingrat alloit croire…
Ah ! qu'il triompheroit de mon dépit jaloux,
Fuions, mais le perfide est déja près de nous,
Je voulois l'éviter avec un soin extrême,
Ciel ! qu'on fuit lentement, quand on fuit ce qu'on
　　aime !

EGLOGUE.

TYRCIS, AMARILLIS, SILVIE.

TYRCIS.

CEssez Amarillis, de fuïr loin d'un berger
　Qui d'un lien fatal a sçû se dégager.
Je ne viens pas ici de douleur l'ame atteinte,
Fatiguer votre cœur d'une inutile plainte,
Elle fut de saison quand je fus votre amant ;
Mais je suis trop heureux grace à mon changement.
J'aime Philis enfin & la chose est publique,
Ma gloire veut pourtant qu'avec vous je m'explique,
Et je veux que Silvie ici juge entre nous ;
Il est vrai j'ai changé, mais ce n'est qu'après vous.

AMARILLIS.

Et que m'importe à moi l'aveu que vous m'en faites
Vous le voïez, je fuis tous les lieux où vous êtes ;

Pourquoi me cherchez vous ? je ne vous cherche pas.

TYRCIS.

Vous avez cependant voulu suivre mes pas,

AMARILLIS.

Pourquoi me suivez-vous lorsque je me retire ?

TYRCIS.

J'ai crû que vous aviez quelque chose à me dire.

AMARILLIS.

Moi ! qu'aurois-je à vous dire ? il est vrai qu'autre-
    fois
L'amour sur votre cœur me donna quelques droits ;
Mais un heureux penchant vers une autre l'entraîne,
Et Philis desormais en est la souveraine ;
Ne croïez pas Tyrcis , qu'un mouvement jaloux
M'eût fait en vous voïant tourner mes pas vers vous,
J'ai vû vos nouveaux feux ; mais sans inquietude ;
Silvie en est témoin ; une longue habitude ,
Entraînoit malgré moi mes moutons en des lieux
Qui me sont pour jamais devenus odieux :
Je les en ai punis.

TYRCIS.

        Quoi ? de vos injustices
Faut-il que vos moutons soient encor les complices ?
Que ne les suivez-vous ? perfide , je le voi
Vous fuïez cet ormeau , garant de votre foi,
Où vos feux & les miens ont commencé de naître,
Où mon nom & le vôtre à l'envi semblent croître ,
Pour vous faire sentir qu'un veritable amour
Doit au lieu de s'eteindre augmenter chaque jour,
Et bien , j'y vais moi seul , il faut que j'en efface
Un nom , avec le mien , indigne qu'on le place ;
Oui ; j'en cours arracher le nom d'Amarillis.

AMARILLIS.

Va, cours, au lieu du mien mets celui de Philis,
Charmé de ses attraits . . .

TYRCIS.

Vous êtes la plus belle,
Mais avoüez du moins qu'elle est la plus fidelle ;
C'est tout ce que je veux quand je cherche un vain-
queur,
La constance en amour détermine mon cœur.

AMARILLIS.

Vous parlez de constance, ah ! juge nous Silvie,
J'allois aimer l'ingrat le reste de ma vie,
Mon cœur . . . pour mon repos je le dois oublier,
Et toi pour mon honneur tu le dois publier :
Instruis tout le hameau, dis par tout, si je change,
Qu'il m'en donne l'exemple & que mon cœur se vange,
Qu'il passe, s'il se peut, pour un monstre en des lieux
Où le manque de foi fut toûjours odieux.

TYRCIS.

Silvie est équitable & me rendra justice.
Vous lui tendez un piege, elle en voit l'artifice,
Mais vous tâchez en vain de corrompre sa foi,
Et j'ose me flater qu'elle sera pour moi.

SILVIE.

Qui l'andin je ne serai ni pour l'un ni pour l'autre,
Je publierai par tout sa folie & la vôtre.

AMARILLIS.

Silvie est contre moi !

SILVIE.

Vous êtes insensez ;
Vous vous aimez tous deux plus que vous ne pensez
Et je balance en vain vos plaintes mutuelles,

Je ne vois que deux cœurs l'un à l'autre fideles,
Ils ont plus de tendresse encor que de couroux,
S'ils sçavoient moins aimer ils seroient moins jaloux.

AMARILLIS.

Moi ? je serois jalouse ! ah ! ce soupçon m'offense,
Et ce n'est qu'à l'oubli de punir l'inconstance.

TYRCIS.

A se venger de vous mon cœur n'ose aspirer,
Et je laisse aux remords le vôtre à déchirer.

SILVIE.

Et quoi ? ne sçauriez-vous un moment vous con-
traindre ?
Le tems vous est trop cher pour le perdre à vous
plaindre :
Parlez, Tyrcis : & vous ne l'interompez pas,
De quoi vous plaignez - vous ?

TYRCIS.

Qu'elle adore Lycas.

SILVIE.

Lycàs seroit aimé ? qui vous l'a dit ?

TYRCIS.
Lui - même.

AMARILLIS.

Qu'entens-je ? quoi? Lycas vous a dit que je l'aime !

TYRCIS.

Vous vouliez qu'il gardât cet important secret,
Mais vous deviez choisir un amant plus discret.

AMARILLIS.

Je pourrois de Lycas confondre l'imposture,
Mais quoi ? prendre un tel soin ! pour qui ? pour un
parjure !

Non , j'aime mieux encor vous laisser votre erreur,
Ouï , j'adore Lycas , il regne dans mon cœur.

TYRCIS.

Vous l'entendez , Silvie , elle aime , & l'infidelle
Fait gloire devant vous de sa flâme nouvelle ,
Ce n'est plus un rival , c'est elle qui le dit.

SYLVIE.

Pour en croire un aveu dicté par le dépit ,
Il faut en avoir crû l'aveu d'un rival même :
Qu'on a peu de raison aussi-tôt que l'on aime !

TYRCIS.

Je ne m'abuse point , Lycas est trop aimé ,
Les yeux d'Amarillis me l'ont trop confirmé ,
Tout de glace pour moi , mais pour lui tout de flâme.
J'ai lû, n'en doutez point, jusqu'au fond de son ame:
Pour elle , il m'en souvient, j'avois cüeilli des fleurs,
Confus , jaloux , en proïe aux plus vives douleurs ,
Desesperé , j'ai crû , pour vanger mon outrage
Qu'il falloit à Philis adresser mon hommage ,
Aussi-tôt dans ses mains , ma guirlande a passé ,
J'aurois donné mon cœur si l'on me l'eut laissé.

SYLVIE.

Vous l'aimez donc encor en la croïant coupable !

TYRCIS.

Ah pour être infidelle en est-on moins aimable ;
Je voudrois la haïr , mais malgré mon effort ,
Je sens que dans mon cœur l'amour est le plus fort.

SYLVIE.

Parlez Amarillis , c'est à vous de répondre.

AMARILLIS.

Et ! le puis-je ! à ces mots dont je me sens confondre
C'est au lieu de ma bouche , à mes yeux à parler ,
Je réponds par ces pleurs que vous voïez couler.

TYRCIS.

TYRCIS.

Vous pleurez ah ! je cede au bonheur qui m'enchante ,
Je puis donc plaire encor aux yeux de mon amante .

AMARILLIS.

N'en doutez point Tyrcis , je vous aimai toûjours,
Croïez en à mes pleurs bien plus qu'à mes discours.

TYRCIS.

Ma chere Amarillis quoi ? vous m'êtes fidelle,

AMARILLIS.

Quoi ? vous ne brûlez pas d'une flame nouvelle :

TYRCIS.

Non ; votre cœur cent fois deut-il se dégager ,
Vous me verriez mourir plutôt que de changer.

AMARILLIS.

Au pied de cet ormeau , témoin de nos tendresses
Allons renouveller la foi de nos promesses :
Viens, fuis - nous.

SILVIE.

Vous pouvez vous passer de mes soins ,
Allez , l'amour heureux veut être sans témoins.

J'ai tâché , Madame , de rendre les deux
Odes suivantes dignes de votre attention :
La premiere est sur la beauté , & l'autre sur
la sagesse ; il est difficile de les réünir dans un
même sujet , sur tout à prendre la derniere
dans le sens que je veux l'entendre : Je n'ai
rien à vous dire sur ces deux pieces , c'est à
vous à m'en dire votre sentiment , & je vous
déclare par avance que je pass. condamnation
sur tout ce qui ne sera pas de votre goût.

ODE

SUR LA BEAUTE.

QUel feu dans mon ame s'alume !
   Sur les flots brille un nouveau jour ;
La mer blanchissante d'écume ;
Enfante la mere d'amour :
Quoi l'objet des plus doux homages.
Doit-il sa naissance aux orages ?
Quelle augure pour les amants !
BEAUTE', source de tant de flames
Ne regneras - tu sur leurs ames,
Que pour leurs causer des tourmens ?
  N'en croïons jamais l'aparence,
Rien ne plaît tant que la BEAUTE',
On lui donne la préférence
Sur toute autre Divinité :
A peine l'a voit-on paroître
Que les plus fiers cessent de l'être ;
Elle entraîne tous les mortels
Cependant, quel fruit de ses charmes !
Elle fait sentir mille allarmes
A qui lui dresse des autels.
   Que fais - tu, berger temeraire ?

Malgré Junon, malgré Pallas,
Venus feule a droit de te plaire,
Ton choix penche vers fes apas.
Arrête, malheureux, arrête,
Tremble, entends gronder la tempête,
Junon commande dans les Cieux,
Pallas regne aux champs de Bellone;
Mais en vain l'une & l'autre tonne,
Ton cœur eft feduit par tes yeux.

Déja les rives du Scamandre
Rougiffent du fang Phrigien;
Je ne vois que Palais en cendre,
Le fer, le feu n'épargnent rien:
Hector privé de funerailles
Eft traîné devant ces murailles
Dont il fût le plus ferme apui;
Apollon le vange d'Achille,
Mais pour toi vangeance inutile,
Tu mourras bientôt après lui.

BEAUTE', ce font là les victimes
Dont tes autels vont fe couvrir:
Les Dieux nous imputent à crimes
Les vœux que nous ofons t'offrir;
C'eft toi feule que l'on adore:
Ce font tes faveurs qu'on implore,
Ton culte obtient le premier rang:
De là, tant d'effroïables chutes,
Pour l'encens que tu leur difputes
Les Dieux vangeurs veulent du fang.

Mais quoi? ne voit-on fur tes traces
Que les revers les plus affreux?

Et ne sors-tu des mains des graces
Que pour faire des malheureux ?
Je pense mieux de ton empire :
Plus d'un cœur qui pour toi soupire
Contre moi pourroit s'irriter :
L'amour qui te doit la naissance
Sur lui-même prendroit l'offense,
Et l'amour est à redouter.

Les Dieux nous doivent-ils leur foudre
Lors qu'en toi nous les adorons ?
Non ; s'ils reduisent Troye en poudre
C'est pour venger d'autres affronts :
L'injuste ravisseur d'Helene
Couvre seul la liquide plaine
Des vaisseaux armez contre Hector ;
Si Pâris dont le sort m'étonne
N'eût soupiré que pour Oenone,
Illion dureroit encor.

N'enflame point de cœur perfide,
Et tout fléchira sous ta loi ;
Prends toûjours le devoir pour guide,
Rien ne l'emportera sur toi ;
Tu brillerois peu dans l'histoire
Si tu fondois toute ta gloire
Sur les Phrinez, sur les Laïs ;
Un éclat plus pur t'environne
Par toi, Theodose couronne
La vertueuse Athenaïs.

Je sçais qu'une fureur jalouse
S'empara bientôt de son cœur ;
Que la beauté de son épouse

Ne fit pas long-tems son bonheur.
Censeurs de l'amoureux empire
Sages outrez, vous allez dire
Que l'amour trouble la raison,
Connoissez mieux un Dieu si tendre,
Est-ce à l'amour qu'il s'en faut prendre
Si le cœur s'en fait un poison.

   Est-il de lumiere plus pure
Que celle du flambeau des cieux !
Est-il dans toute la nature
Rien de plus brillant à nos yeux ?
Mais cet astre est-il sans nuages ?
N'enfante-il pas des orages ?
Qu'on entends gronder dans les airs :
Ce n'est qu'aux vapeurs de la terre
Qu'il faut imputer le tonnere
Et les foudres & les éclairs.

   BEAUTE', telle est ta destinée ;
Vainement tu fais nos plaisirs :
La source en est empoisonnée
Quand nous reglons mal nos desirs ;
L'amour qui te doit la naissance
Quelque fois prend trop de puissance,
Crime qu'il nous faut expier ;
Mais tu n'en es pas responsable,
Notre cœur est le seul coupable
Et se punit tout le premier.

   Le malheur qu'en toi je déplore,
C'est de te voir si-tôt perir :
Ainsi que les filles de Flore,
Le tems a droit de te flétrir :

E iij

Tu meurs, sur ses rapides aîles
Ce tyran t'emporte comme elles,
Trop injuste fatalité ?
Que n'en peux-tu braver l'outrage,
Les Dieux dont tu portes l'image
Te devoient l'immortalité.

ODE

SUR LA SAGESSE.

O Lumiere à qui rien n'échape,
Je t'implore, éclaire mes yeux,
Est-ce ton éclat qui me frape,
Immortelle hotesse des Cieux ?
Hâte-toi, descends sur la terre,
Les passions nous font la guerre,
Viens nous affranchir de leur loi ;
Mais c'est en vain que je t'apelle,
Tu fais ta demeure éternelle
Du seul sejour digne de toi.

Non ; ce n'est pas parmi les hommes
Qu'il faut desormais te chercher,
En nous voïant tels que nous sommes
Tu ne daignes nous aprocher ;

Depuis que la divine Astrée
Dans l'Olimpe s'est retirée
Tout est changé chez les mortels ;
Et pour nous, tu n'est devenuë
Qu'une intelligence inconnuë
A qui nous dressons des autels.

    Reformateurs de la nature
Qui sous de chimeriques traits
Nous avez laissé la peinture
D'un sage qui ne fût jamais ;
Vous lui donnez le rang suprême
Mais sçait-il se ranger lui-même
Sous l'empire de la raison ?
O vertu qui n'est plus d'usage !
A peine est-il un homme sage !
Et chacun usurpe ce nom.

    On en compte sept dans la Grece,
Le sont-ils plus que leurs neveux ?
A quel titre ont-ils la SAGESSE ?
Sçavent-ils mieux regler leurs vœux ?
Quel soin les rend si respectables ?
A tracer des loix équitables
Leurs talens se sont exercez ;
Laissons-là les desirs des autres,
Commençons par regler les nôtres
Ou nous sommes des insensez.

    Ainsi donc ma recherche est vaine ;
SAGESSE, tu ne parois pas ;
N'est-il point de route certaine
Qui jusqu'à toi guide mes pas ?
Et bien ; que l'homme cesse d'être

Foible, vain, tel qu'on le voit naître ;
Pour acquerir cette vertu :
Il faut par un effort extrême
Qu'il se dépouille de lui-même,
S'il en veut être revêtu.

A ses propres desirs en butte,
Qu'il les surmonte tour à tour ;
Contre eux le destin veut qu'il lutte
Tant qu'il voit la clarté du jour ;
Entraîné par leur cours rapide
Il porte dans son cœur perfide
Son plus dangereux ennemi :
Resiste-il ? quel est sa gloire ?
Il compte pour une victoire
De n'être vaincu qu'à demi.

Qui merite le nom de sage ?
S'il en est un dans l'univers,
Je puis en tracer une image
Dans un nocher des plus experts ;
Il sçait tous les écuëils de l'onde,
Mais si-tôt que l'orage gronde
Ce n'est plus qu'un foible aprentif :
Contre un rocher il fait naufrage
Trop heureux si jusqu'au rivage
Il se sauve dans un esquif.

Mais quoi ? n'est-il pas dans la vie
Un âge où regne un calme heureux ?
Où l'ardeur du sang ralentie
Nous rend maîtres de tous nos vœux ?
C'est donc chez l'infirme vieillesse,
Qu'il faut reléguer la SAGESSE ?

Que dis-je ? quelle est mon erreur ?
Les desirs y trouvent leur place,
Et quand le corps est tout de glace
Le feu n'est pas moins dans le cœur.

Je veux que le froid des années
Du corps, jusqu'au cœur soit passé,
Les conquêtes y sont bornées
A triompher d'un cœur glacé :
Ce cœur ne reçoit plus d'atteintes
De ses passions presqu'éteintes,
Tous ses desirs lui sont soumis ;
Peut-on trouver beaucoup de gloire
A ne remporter la victoire
Que sur de pareils ennemis.

Laissons l'enfance & la vieillesse ;
Je les mets presqu'au même rang,
L'une est forte de sa foiblesse,
L'autre de la glace du sang :
Ne faisons pas entrer en lice
Ceux que la nature propice
Pêtrit d'un limon plus heureux :
Redevables à leur naissance
D'une stupide indifférence,
Tout devient SAGESSE pour eux.

Il faut que mes regards s'attachent
Sur des sujets plus glorieux,
Mais quels noirs deserts nous les cachent
Il n'en paroît point à mes yeux :
J'aurois beau parcourir le monde,
Traverser tout le sein de l'onde
Malgré les autans en couroux,

E v

Après de penibles voïages
S'il falloit nommer les plus sages,
Je dirois, ce sont les moins foux.

Me voilà quitte, Madame, de
mon second tribut : Pour vous dé-
lasser des vers je vais passer à la prose
& vous donner une historiette, dont
le sujet n'est pas à la verité de mon
invention ; mais j'y ai ajoûté tant
d'incidens que son premier Auteur
auroit peine à le reconnoître ; je lui
donne pour titre *l'Ingratitude punie.*

L'INGRATITUDE

PUNIE.

Amais consternation ne fut plus grande que celle des Habitans de la grande ville d'Artaxate Capitale d'Armenie, à la vûë d'un spectacle que le soleil n'osoit éclairer. Un échafaut tendu de noir, dressé sur une place publique, devoit servir de theatre à une sanglante tragedie ; Artaxe y devoit être sacrifié avec la Princesse sa fille par les ordres d'un de ses sûjets qui venoit de le renverser du trône : cet usurpateur s'apelloit Porphirion, il avoit été le premier Ministre de ce malheureux Roi ; & s'étant servi des tresors que son maître lui avoit prodiguez contre lui-

même : il étoit parvenu jufqu'à fe
rendre arbitre de fa deftinée. L'inftant
fatal aprochoit où le déplorable Artaxe devoit mourir ; le char qui les portoit, lui & fon inconfolable fille, s'a-
vançoit vers le lieu deftiné à cette funefte éxécution, lors qu'un inconnu,
confondu dans la foule des fpectateurs,
jetta les yeux fur ces illuftres victimes du plus deteftable tyran qui fût
jamais. Il ne put voir fans s'attendrir
ce Prince infortuné, dont le trifte
fort lui rapella fes propres difgraces ;
mais à peine eut-il jetté les yeux
fur l'adorable Ifmenie, c'étoit le nom
de la Princeffe qu'on alloit immoler
avec lui ; à peine dis-je, eut-il vû
briller l'incomparable beauté dont
les Dieux l'avoient ornée, qu'il fentit
que fon cœur voloit au devant d'elle.
O ciel ! dit-il, en fe tournant vers
cinq ou fix Cavaliers qui l'accompa-
gnoient, fe peut-il que tout ce peuple foit témoin oififf d'une barbarie
contre laquelle il n'eft rien qui ne
doive s'armer ? ferons-nous affez

laches pour fuivre un exemple fi
honteux ? non, mes amis, continua-
t'il, ne laiffons pas perir ce chef-
d'œuvre de la nature, fauvons un
Roi oprimé, ou periffons nous-mê-
mes dans un deffein fi digne de notre
vertu ; ces paroles qui ne furent en-
tenduës que de fes amis, produifirent
fur eux l'effet qu'il en attendoit : ils
s'avancerent avec lui vers l'échafaut
malgré la foule qui leur en fermoit
le chemin : Artaxe & Ifmenie y
étoient déja montez, & le cruel Porphirion environné de fes gardes s'é-
toit placé vis à vis, pour jouïr de
fon crime en repaiffant fes yeux d'un
fpectacle fi funefte : l'infame miniftre
de fa fureur avoit déja le bras levé
pour abatre la tête d'Ifmenie aux
yeux de fon malheureux pere, lors-
qu'une fleche, partie de la main de
l'Inconnu, le jetta fans vie aux pieds
de ceux à qui il devoit l'ôter. Porphirion furpris de cette audace, ordonnoit déja qu'on en cherchât l'auteur ; mais le vaillant Inconnu ne lui

en donna pas le temps, & par une
seconde fleche conduite aussi heureusement que la premiere, il étouffa
dans son coupable sang l'ardeur de
se vanger. La mort de l'usurpateur
produisit un si grand changement
dans tous les cœurs, que les plus timides reprirent des sentimens géne-
reux, les lâches partisans de la tyrannie furent dissipez dans un moment ; les fideles sujets d'Artaxe se
rangerent auprès de l'illustre Inconnu
qui venoit de sauver ce déplorable
Roi, & le suivirent jusqu'à l'échafaut, où il fit tomber des mains de
ce Prince les indignes liens dont elles
étoient chargées. Artaxe ne sçavoit
s'il devoit prendre son liberateur
pour un simple mortel que les Dieux
avoient envoïé à son secours, ou
pour un Dieu même qui s'étoit revêtu d'une forme humaine pour le
garantir d'un peril inévitable. Les
sentimens d'Ismenie étoient à peu
près semblables à ceux de son pere,
sous quelque image qu'elle se repre-

sentât son bienfaiteur ; elle sentoit
que sa reconnoiffance n'étoit jamais
allée si loin, & qu'un service de la
nature de celui qu'on venoit de lui
rendre ne seroit pas assez payé s'il
ne l'étoit de son cœur. Elle n'étoit
pas encore remise du premier trouble
de ses sens, lors que l'Inconnu s'ap-
procha d'elle & lui fit entendre par
des expressions peu liées que le bonheur qu'il avoit eû de sauver des
jours si précieux, lui faisoit oublier
toutes ses disgraces passées : il n'en
dit pas davantage, les momens étoient
trop chers pour les perdre en paroles,
les parens & les amis de l'usurpateur
pouvoient reprendre cœur si l'on leur
donnoit le tems de respirer : il con-
duisit le Roi & la Princesse dans
leur Palais aux aclamations de tout
le peuple, & se faisant suivre de tous
ceux qui lui parurent les plus zelez
& les plus distinguez ; il alla s'assurer
du jeune Artane fils unique de Porphirion. Jamais violente tempête ne
fut calmée en si peu de tems ; un

jour feul fit changer de face à une des plus grandes Ville du monde : à peine découvrit-on des traces de la tyrannie ; & Artaxe dès le lendemain fe vit en état de reconnoître le fervice important que l'Inconnu lui avoit rendu : Par quel prix, lui dit-il, en préfence d'Ifmenie, puis-je m'acquiter envers vous ? parlez, Seigneur, je ne borne point vos prétentions, & quand vous demanderiez ma couronne, je ne vous donnerois que ce que je tiens de vous : Je fçais mieux borner mes défirs, lui répondit l'Inconnu ; les Rois ne nous doivent point de récompenfes quand nous faifons notre devoir ; & quoique je ne fois pas né votre fujet, je ne laiffe pas de connoître que ce noble caractere que les Dieux ont imprimé fur le front de ceux qu'ils ont choifis pour commander aux autres, doit agir indifferemment fur tous les cœurs, & leur faire, fi non autant de fujets, du moins autant d'adorateurs, de deffenfeurs & de

vangeurs qu'il eſt de mortels. Si les
Rois, repartit Artaxe, ne regar-
doient que comme des devoirs, les
ſervices qu'on leur rend, ils ſeroient
impunément ingrats ; ils ſont les vi-
vantes images des Dieux, il eſt juſte
qu'ils les imitent en tout ; & comme
l'encens qu'on offre aux immortels
n'en eſt pas moins digne de récom-
penſe pour être un tribut indiſpenſa-
ble, auſſi les ſervices que les Rois
reçoivent même de leurs ſujets doivent recevoir le prix qu'ils meritent ;
à combien plus forte raiſon ſuis - je
obligé de couronner la vertu d'un
heros qui n'eſt pas né ſous mon obéïſ-
ſance ? ne me mettez donc pas, genereux Inconnu , dans la neceſſité
d'être ingrat, parcourez tout mon
empire, & voïez ſi les Dieux ont
mis en ma puiſſance quelque choſe
qui ſoit digne de vous : Vous avez
en votre pouvoir, répondit l'Inconnu, en regardant tendrement Iſmenie, un treſor que mon cœur préfere
à tous les trônes du monde ; ma te-

merité vous étonne, pourfuivit - il ;
vous m'accufez fecrettement de porter mes defirs trop haut, moi qui
me fuis vanté de les fçavoir borner ;
fi toute fois il ne manquoit que le
titre de Roi pour juftifier mon ambition, je pourois n'être pas fi coupable à vos yeux : Ouï, Seigneur,
je fuis né pour le trône, j'ofe même
dire que je l'ai rempli affez digne-
ment, & fi le tems & mes malheurs
n'avoient confiderablement changé
mon vifage, vous n'auriez pas mécon-
nu un Prince vôtre allié & votre ami,
que la perfidie d'un voifin ambitieux
a précipité du trône. Vous vôïez devant vous, ajoûta - t'il, le malheureux Tigranes Roi de Capadoce. Au
nom de Tigranes Artaxe fe rapellant
des traits qu'une longue abfence jointe
te à des difgraces affreufes avoient
un peu changez, il embraffa tendrement fon liberateur : Dieux juftes,
s'écria - t'il, en redoublant fes caref-
fes, vous ne voulez pas m'expofer
à être ingrat, puifque vous m'offrez

fi-tôt une ocafion de m'acquitter ;
n'en doutez point, genereux Tigranes, pourfuivit. il. je perirai ou je
vous remettrai fur le trone de Capadoce comme vous m'avez remis
fur celui d'Armenie ; je fçais que je
ferai encore en refte d'obligation avec
vous, puifque je vous dois la vie auffi
bien que le fceptre ; mais fi j'en crois
quelques tendres regards dont je me
fuis aperçû, l'amour vient d'y pourvoir. Ifmenie eft le feul bien auquel
vous avez borné vos defirs, & je
ne crois pas qu'elle refufe fon cœur
à qui elle doit la vie de fon pere &
la fienne même. Ifmenie qui avoit
déja rougi à la premiere déclaration
de Tigranes, ne pût entendre ces
dernieres paroles fans trouble : ce
Prince en fût allarmé & la regardant
avec des yeux qui demandoient grace pour fa temerité, il eut le bonheur d'en trouver le pardon dans ceux
de la Princeffe. J'ai déja dit qu'à la
premiere vûë de Tigranes, elle s'é-
toit aperçuë que les fentimens de

son cœur alloient plus loin que ceux
que la seule reconnoissance inspire,
& quoique sa modestie la fit rougir
aux yeux d'un Prince à qui son pere
promettoit son cœur & sa main, elle
ne laissoit pas de sentir un penchant
secret à obéïr à des ordres que l'amour
avoüoit ; mais sa joïe fût bien mo-
derée quand elle vit tout à coup la
tristesse peinte sur le visage d'Artaxe ;
Ce Prince faisoit en ce moment des
reflexions qui le faisoient repentir de
s'être trop tôt expliqué ; il ne put
les dissimuler à Tigranes ; je me suis
flatté, lui dit-il, d'un bonheur qu'il
ne m'est pas permis d'esperer, j'avois
oublié, Seigneur, que votre foi étoit
engagée avec l'aimable Amestris,
quand je vous ai offert la main d'Ismenie, & les Dieux ne veulent pas
que je trouve dans ma famille de
quoi faire le bonheur de vos jours
en recompense de ceux que vous
m'avez conservez ; je me souviens
même qu'avant votre disgrace le ciel
avoit favorisé votre hymen, & que

la Reine votre épouse avoit donné
au trône de Capadoce un heritier
digne de le remplir. Tigranes ne répondit à ces paroles que par un sou-
pir qui acheva de glacer Ismenie,
mais sa tendre fraïeur fût bien-tôt
dissipée. Vous me rapellez, dit Tigranes, un triste souvenir; Amestris
n'est plus, & je ne sçais si ce fils que
les Dieux m'avoient donné respire
encor, mais c'est trop vous laisser
ignorer toutes les cruautez que le sort
impitoïable a exercé contre moi,
vous avez r'ouvert mes blessures &
renouvellé mes douleurs, & je ne
puis mieux les soulager qu'en donnant lieu à un Roi si magnanime de
les partager avec moi; à ces mots
Artaxe aïant ordonné que personne
ne troublât leur entretien, Tigranes
s'adressant au Roi & la Princesse
commença ainsi le recit de ses malheurs.

La défiance est le partage des ty-
rans & des usurpateurs; comme ils
ne sont montez au trône que par

l'injuftice, ils doivent toûjours craindre que la juftice ne les en précipite
& que leurs nouveaux fujets ne fe.
coüent tôt ou tard un joug que la
force & l'artifice leur ont impofé. Il
n'en eft pas de même des legitimes
Rois : il leur femble que rien ne peut
les ébranler dans une place qu'ils tiennent de leur naiffance, & dans laquelle les Dieux ont interêt de les
maintenir, ce qui produit quelques
fois une dangereufe fécurité qui leur
ferme les yeux fur tous les perils qui
les environnent. La funefte experien-
ce que j'en ai faite ne me laiffe aucun
lieu d'en douter, & doit fervir de
leçons à tous les Princes qui fe li-
vrent par trop de confiance aux complots de leurs voifins ou de leurs propres fujets.

Le fceptre de Capadoce avoit paffé
dans mes mains par une fi longue
fuite de Rois dont les Dieux m'ont
fait défcendre, que je ne croïois pas
qu'il pût jamais paffer en des mains
étrangeres. Demetrius Roi des Medes

m'avoit souvent disputé quelques Pro-
vinces, mais ses prétentions étoient
si mal fondées que tous mes voisins
le menaçoient de prendre les armes
contre lui, dès que la fortune paroissoit lui devenir favorable, & d'ailleurs les Capadociens étoient si bel-
liqueux qu'ils reprenoient bien-tôt
les avantages dont son ambition commençoit à se prévaloir. Nos amis
communs voulurent enfin terminer
des differens qui leur donnoient de
l'ombrage, & qui les obligeoient à
armer eux-mêmes de peur que celui
de nous deux qui l'auroit emporté
sur son concurrent n'étendit ses conquêtes jusqu'à eux. Vous fûtes des
premiers, Seigneur, à vouloir prendre connoissance des injustes prétentions de Demetrius, & à entreprendre de terminer des guerres dont tant
de peuples étoient inquietez. L'aimable Amestris me fut proposée de
votre part, j'acceptai sa main sans
repugnance, & Demetrius son pere
ne jugea pas à propos de s'attirer un

ennemi auſſi puiſſant que vous, par
un refus qui vous auroit irrité. Mon
hymen ſe conclut avec Ameſtris, &
la paix qu'il donna à la Capadoce &
à la Medie en fut le premier fruit;
mais j'oſe dire que ce fut là l'origine
de tous mes malheurs : Ameſtris fut
conduite en Capadoce avec toute la
magnificence qui étoit dûë à une Princeſſe de ſon rang : les principaux ſujets de ſon pere l'accompagnerent
juſqu'aux frontieres des deux Roïau-
mes où j'allai la recevoir ſuivi de
toute ma Cour; notre mariage fut
celebré avec une égale ſatisfaction des
deux peuples. Je n'avois jamais vû
cette Princeſſe, mais quoi que mon
cœur n'eut aucune part dans un choix
qui devoit faire tout le bonheur ou
tout le malheur de ma vie, il ne
fut pas long-tems à l'avoüer : &
Ameſtris me parut ſi digne d'être ai-
mée que je benis mille fois l'heureuſe
politique qui me mettoit en poſſeſ-
ſion de tant de charmes. Les premieres années de notre mariage coule-
rent

rent dans des plaisirs dont rien ne pouvoit égaler la douceur ; les Dieux même semblerent vouloir contribuer à éterniser mon bonheur par la fecondité de mon épouse, que je reconnus pour une des faveurs les plus éclatantes que leur bonté eut jamais répanduës sur moi. Ils me donnerent un fils dès la premiere année de notre mariage ; je le nommai Antiochus, & dès son enfance même, je vis briller en lui de si belles esperances que je me crus le plus heureux de tous les peres & de tous les Rois. Le calme où je vivois dans ce tems fortuné me devint funeste, comme vous l'allez voir ; il excita contre moi une tempête d'autant plus dangereuse que j'en négligeois les suites ; j'apris que Demetrius armoit sourdement ; mon Conseil, plus éclairé que moi, s'attachoit continuellement à découvrir quelles pouvoient être les vûës d'un voisin si ambitieux. Je ne daignai pas les aprofondir, & je me laissai persuader par les Medes, que mon mariage avec Ameſtris avoit attirez dans ma Cour, que ce n'étoit que pour ſe faire craindre de ſes ſujets que Demetrius levoit ces troupes, qui allarmoient mon Conſeil : ainſi mon aveugle confiance donna tout le tems à l'orage de ſe former. Vous étiez mieux inſtruit que moi du malheur qui me menaçoit ; je n'ai pas oublié Seigneur, que vous m'offrîtes une armée prête à faire tête à Demetrius en cas qu'il eut des deſſeins pernicieux, je vous remerciai de vos offres & je vous répondis que ce ſeroit faire injure à mes ſujets que de commettre mon ſalut à mes voiſins. Cependant la tempête groſſiſſoit tous les jours, & les avis que je recevois ſe multiplians, je commençai d'ouvrir les yeux quand il n'en étoit plus tems; l'orage ſe déclara, & ſon premier éclat fut ſi violent que je n'eus pas le tems de m'en garentir : Demetrius avoit prit ſoin de le fomenter au dedans & au dehors ; les Medes qui avoient accompagné Ameſtris étoient

suivis tous les jours d'un plus grand
nombre, dont leur tendreſſe pour la
fille de leur Roi autoriſoit la perfidie
ſecrette, C'étoit Demetrius qui les
envoïoit chargez de preſens dont ils
ſe ſervoient pour m'enlever mes plus
fideles ſujets ; ainſi, Demetrius s'étant
aplani tous les chemins, ſe trouva
aux portes de Sinope où j'étois pour
lors, avant que j'euſſe apris qu'il
étoit parti d'Ecbatane, capitale de ſon
Roïaume. Comme je n'étois point
préparé à ſoutenir un ſiege je ne fis
qu'autant de reſiſtance qu'il en falloit
pour armer quatre vaiſſeaux qui devoient faciliter ma fuite : Je me mis
ſur le plus gros avec Ameſtris & le
jeune Antiochus, qui n'avoit alors que
quatre ans ; je pris ſoin de diſperſer
dans les autres, les Seigneurs Medes
qui s'étoient attachez à la Reine,
hon, que je fuſſe convaincu de leur
trahiſon, mais pour avoir en eux
des otages, étant des principaux ſujets de Demetrius. Ce fut pour la
premiere fois que la défiance entra

dans mon cœur ; le vent nous fut favorable, nous nous éloignâmes assez
de Sinope, pour n'avoir plus à craindre que Demetrius nous pût attein-
dre, s'il avoit dessein de courir après
nous. Vous pouvez juger, Seigneur,
combien j'étois à plaindre dans un si
grand revers : Les Dieux me donnerent assez de fermeté pour n'y pas
succomber, mais Amestris ne pût le
soûtenir. Quoiqu'elle ne fut que la
cause innocente de ma disgrace elle
y fut si sensible, que j'eus besoin de
suspendre le souvenir de nos communs malheurs pour l'en consoler
elle-même : sa vertu l'empêchoit de
se plaindre hautement de la perfidie
de son pere, mais elle la detestoit
dans le fond de son cœur, & la violence qu'elle se faisoit pour cacher
ses justes ressentimens augmentant
l'agitation de son ame, elle fut saisie
d'une fievre si ardente, qu'elle fut
bien-tôt réduite à l'extremité. Le
Gouverneur de mon fils qui se nom-
moit Eteocle, mit en usage tous les

secours de la medecine dans laquelle
il étoit fort expert, mais le mal fut
plus fort que les remedes & la triste
Amestris expira dans mes bras en
me priant de lui pardonner ma disgrace qu'elle s'imputoit. La mort de
cette déplorable Reine me fut plus
sensible que la perte de ma couronne :
je passai toute la nuit qui suivit ce
malheureux jour à pousser des gemis-
semens qui remplirent tout mon vaisseau de deüil : Eteocle dont la sagesse
me fut d'un grand secours dans cette
occasion, s'oposa au dessein que j'a-
vois de suivre Amestris au tombeau ;
il me presenta mon fils & me repro-
chant la cruauté que j'avois de l'abandonner dans un âge où je lui étois si
necessaire ; il me fit enfin consentir
à vivre, & pour épargner à mes
yeux un objet aussi funeste que celui
du corps de la Reine, dont je ne pouvois m'arracher, il me fit resoudre
à l'envoïer à Demetrius son pere afin
qu'il lui fit rendre les honneurs fu-
nebres que je ne pouvois lui rendre

F iij

moi-même. Eteocle ne m'eut pas
plutôt fait confentir à ce deffein
qu'il donna ordre à l'execution, je
ne retins que le feul vaiffeau fur le
quel je m'étois embarqué, j'y fis paffer tous mes fujets & renvoïai tous
les Medes fur les trois autres avec le
corps de leur Princeffe : mais eft-il
d'action fi pure que la calomnie ne
tâche de noircir ? le perfide Demetrius me fit un crime de ma pieté,
comme je l'ai fçû depuis ; il répandit
des bruits injurieux à ma gloire, &
n'aïant pas eu beaucoup de peine à
faire parler des gens qui lui étoient
vendus depuis longtemps : il engagea
tous les Medes qui avoient conduit
le corps d'Ameftris à Sinope, à dire,
que je m'étois vengé de lui fur fa
fille, & que j'avois donné la mort
à cette Princeffe par un poifon qu'-
Eteocle avoit mêlé dans les remedes
qu'il lui avoit fait prendre.

 Après avoir renvoïé le corps d'A-
meftris, je donnai ordre à mon pilote de tourner la pointe de mon

vaisseau vers Corinthe, c'étoit le sage Athamas qui y regnoit ; le sang
qui nous lioit d'assez près, joint à sa
vertu, qui le faisoit justement adô-
rer de tout le monde, me détermina
à ne point chercher d'autre azile contre l'opression où je me trouvois ;
mais la fortune n'étoit pas encore
lasse de me persecuter, & me gar-
doit ses plus funestes coups pour les
derniers ; nous voïons déja paroître
les hautes tours de cette grande ville,
quand les matelots qui étoient à la
découverte sur les mats, nous aver-
tirent qu'ils voïoient trois grands
vaisseaux qui venoient sur nous à
pleines voiles : je crus d'abord que
c'étoient des vaisseaux Corinthiens ;
je ne laissai pas pourtant d'ordonner
que tout fût prêt pour combattre en
cas qu'ils fussent ennemis : cette précaution n'étoit pas inutile, à mesure
qu'ils s'aprochoient de nous on reconnût à leurs mâture qu'ils n'étoient
pas Corinthiens, & quand ils furent
à la portée des traits, mon pilote les

E iiij

reconnut pour des pirates, dont Pififtrate, qui s'étoit rendu redoutable
dans tout le Peloponefe étoit le chef :
quelque grand que fut le peril je
l'envifagai fans crainte, je n'avois
que de vaillans hommes fur mon vaiffeau, & leur fidelité m'étoit fi con-
nuë que je ne doutai point qu'ils ne
répandiffent jufqu'à la derniere goute
de leur fang plutôt que de livrer leur
Roi à d'indignes Corfaires. Je ne fus
pas trompé dans mon attente, le
combat fut fanglant, mais la partie
n'étant pas égale nous nous trouvâmes
enfin accablez par le nombre : tous
mes Capadociens perdirent la vie en
me faifant un rempart de leur corps,
& il ne me refta qu'Eteocle & mon
fils. Je me ferois donné la mort fi
les mêmes raifons qui m'avoient fauvé de mon premier defefpoir n'euffent fubfifté ; je confentis une feconde fois à vivre pour mon fils,
& voïant que tous mes fujets avoient
perdu la vie, je crus qu'il ne me feroit pas difficile de cacher mon nom

& ma naiſſance à Piſiſtrate n'ayant
rien à craindre du fidele Eteocle : je
me rendis au vainqueur à qui ma
reſiſtance avoit donné beaucoup d'eſ-
time pour moi ; c'étoit Piſiſtrate lui-
même, il n'avoit pas la rudeſſe des
gens de ſa profeſſion, j'apris dans la
ſuite que ſa naiſſance étoit illuſtre,
mais que les perſecutions de la fortune l'avoient reduit à ſe faire chef
de Pirates, & qu'il étoit devenu auſſi
puiſſant que bien des Princes & des
Rois même. Votre valeur, me dit-il,
en recevant mon épée que je lui pré-
ſentai, me donne une haute idée de
votre naiſſance, je ne vous force
pas à me la déclarer ; cet aveu, ajoûta-t'il en baiſſant la voix, ne ſervi-
roit qu'à enflamer l'avarice de mes
ſoldats & à groſſir votre rançon ; je
vous en quitterois, continua-t'il, ſi
j'étois auſſi abſolu parmi eux que je
l'ai été autrefois parmi des peuples
moins ſauvages ; ces Pirates m'ont
fait jurer en me choiſiſſant pour chef
de ne jamais trahir leurs interêts, &

F v.

je ne fçais fi le confeil que je vous
donne n'eft pas un parjure pour moi :
Cette franchife de Pififtrate m'ôta
prefque l'envie de lui cacher mon
veritable fort, je me reprochai le
menfonge que j'allois lui faire, &
peut-être me ferois-ie déterminé à
lui tout avoüer, fi Etocle, dont la
fageffe étoit natutellement défiante,
n'eut prit la parole pour moi, Seigneur, dit-il à Pififtrate, vous voïez
en moi le plus malheureux de tous
les hommes : j'étois né dans une opu-
lence qui me rendoit auffi digne d'envie que je fuis aujourd'hui digne de
pitié : je fuis de Lacedemone, ma
mauvaife fortune m'a fait encourir la
difgrace de mon Roi, & pour me
dérober à fa colere, j'ai été obligé
de me fauver dans ce vaiffeau qui
vient de tomber en votre puiffance :
celui à qui vous venez d'adreffer la
parole eft mon fils, & l'enfant que
vous voïez au fond de cette chambre eft mon petit-fils ; tous mes do-
meftiques viennent de mourir pour

la défenſe de ma liberté ; il ne me
reſte que quelques pierreries que je
vous offre pour ma rançon. Quelques riches que ſoient ces pierreries,
répondit Piſiſtrate, elles ne vous tien-
dront pas lieu de rançon, elles apar-
tiennent de droit aux vainqueurs, &
c'eſt à eux à mettre votre liberté à
prix : vous ſeriez libres dès ce moment, ajoûta-t'il, & vous emporte-
riez vos richeſſes ſi cela dépendoit
de moi, mais ces Pirates ne m'obéïſ-
ſent que parce que je me ſoumets tout
le premier aux loix que je me ſuis
impoſées en acceptant le commandement.

Cette reponſe de Piſiſtrate me fit
perdre le peu d'eſperance qui me reſ-
toit ; il ordonna aux deux Capitaines
des vaiſſeaux qui étoient ſous ſes ordres de paſſer dans le ſien ; ils s'y
rendirent ſur le champ ſuivis de tous
leurs officiers. Le Conſeil s'aſſembla
pour décider de notre ſort, on fit un
juſte partage des pierreries qui furent
diſtribuées juſqu'aux moindres ſol-

F vj

dats, & le fort ayant été jetté fur
les trois prifonniers, je fus le partage du premier Capitaine , Eteocle
du fecond , & mon fils tomba en
la puiffance de Pififtrate : Ce fut
une confolation pour moi de voir
mon fils en de fi bonnes mains ; Pififtrate étoit le plus humain & le
plus genereux des trois maîtres à qui
le fort nous foumettoit : il me jura
qu'il feroit élever mon fils auprès du
fien & qu'on n'y mettroit point de
difference ; il lui donna un gouverneur d'une vertu éprouvée, & me
promit qu'il me le rendroit auffi-tôt
que j'aurois fatisfait à la rançon que
le Confeil m'impoferoit ; je le priai
d'en faire promptement fixer le prix,
mais ce fut inutilement , Pififtrate
ne trouva point d'imitateurs parmi
ces ames venales. On délibera fur
ma nouvelle propofition , que nous
demeurerions captifs pendant un an
afin qu'on eut le tems de s'informer
de notre condition & de nos facul-
tez. Le Confeil fini , chacun des Ca-

pitaines emmena son prisonnier sur
son bord ; vous pouvez concevoir ,
Seigneur , quelle fut ma douleur
quand il fallu me separer ou plutôt
m'arracher de mon fils ; je le recom-
mandai à Arsame son nouveau gouverneur avec des larmes dont il fut
attendri ; je lui promis des récom-
penses proportionnées aux soins qu'il
en prendroit. Nous passâmes enfin
Eteocle & moi dans les vaisseaux qui
devoient nous servir de prison , &
nous fimes voile au hazard sans avoir
aucune route assurée comme font or-
dinairement tous les Pirates qui se
laissent guider par les vents & par la
fortune. Nous avions passé six jours
sans avoir fait aucune rencontre qui
soit digne de votre attention : mais
au septiéme , à peine le soleil commençoit à dissiper les ombres de la
nuit, que nous vîmes paroître une
nombreuse flotte ; à cette premiere
vûë nos Corsaires firent un cri de
joïe, ils crurent que c'étoient des
marchands que la fortune conduisoit

vers eux pour les enrichir ; mais ils perdirent bien-tôt cette flateuse espérance, c'étoient des vaisseaux Corinthiens qu'Athamas avoit armez pour la sureré de son comerce : on les avoit trop laissé avancer pour pouvoir éviter le combat, il n'y eut que celui de Pisistrate, qui étant meilleur voilier que les autres se sauva avec assez de peine ; les deux autres ne firent presque point de resistance, nous fûmes confondus Eteocle & moi parmi les Pirates, on nous chargea de fers comme eux, quoique nous puissions dire, & nous ne pûmes nous garentir de la mort que par la demande que nous fimes d'être présentez au Roi : on n'osa nous refuser cette grace ; Athamas en ayant été instruit, ordonna qu'on nous amenât devant lui, je le supliai de faire sortir tout le monde : comme nous étions chargez de fers il ne risquoit rien à nous entretenir sans témoins ; il ordonna qu'on le laissât seul avec nous, & dès que je fus en liberté de me décou-

vrir à lui, je me nommai & lui fis
un court récit de mes difgraces ; il
en fut vivement touché , & n'ayant
aucun lieu de me foupçonner d'im-
pofture par tout ce que je lui dis,
outre que la renommée l'avoit déja
inftruit de mon infortune ; il m'embraffa tendrement & me promit fon
fecours contre mon perfide beaupere ;
je lui apris en même tems le fort de
mon fils qui pour mo' malheur n'é-
toit pas tombé en la puiffance des Corinthiens ; il me raffura par la vertu
de Pififtrate dont le nom lui étoit
connu, mais il me dit en même tems
qu'il étoit à propos que je fus inconnu dans Corinthe , tant par raport
au cruel Demetrius qui avoit mis ma
tête à prix, qu'à caufe de Pififtrate
même qui pourroit être forcé par les
Pirates dont il étoit le chef, à livrer
mon fils à mon ennemi s'il leur offroit une rançon plus confiderable
que celle que j'offrirois moi-même ;
il ajoûta à cela que ces écumeurs de
mer étoient les plus implacables en-

nemis des Corinthiens, qu'ils ne leur faifoient point de grace, de même qu'ils n'en recevoient point d'eux, & qu'il étoit à craindre qu'ils ne facrifiaffent mon fils pour venger le fang de leurs camarades, dès qu'ils auroient apris qu'il apartenoit de fi près à un Roi qui avoit juré leur perte. Les confeils d'Athamas étoient trop fages pour ne m'y pas foumettre; je vis avec douleur que la vie de mon fils étoit plus expofée que jamais & qu'elle dépendoit fur tout du foin que je prendrois de me cacher.

Athamas ayant rapellé fa Cour auprès de lui ordonna qu'on brifât mes fers, & qu'on me traitât avec quelque diftinction; cependant comme je ne craignois rien tant que d'être découvert par quelques-uns de mes fujets que le fort pourroit conduire à Corinthe, je me retirai avec Eteocle dans un temple confacré à Neptune; j'obtint même du Roi qu'Eteocle en fut fait Grand-Sacrificateur, il avoit toutes les qualitez neceffaires pour un emploi si important, il étoit très-versé dans la science de l'astrologie & doüé d'une sagesse dont Athamas étoit charmé.

Le Roi me visitoit quelques fois dans ma retraite, & pour ôter toute sorte d'ombrage il prétextoit toutes ses visites de quelqu'acte de religion ou de quelques affaires qu'il vouloit comuniquer au nouveau Grand-Prêtre : c'étoit dans ces secrettes entre-vûës qu'il m'aprenoit tout ce qui se passoit à Sinope : il renouvella mes premieres douleurs en m'instruisant du coup fatal que Demetrius venoit de porter à ma gloire en me faisant passer pour l'assassin de ma chere Amestris ; mais que ne devois-je pas attendre d'un monstre qui avoit sacrifié son propre frere à son ambition démesurée ? toute l'Asie l'a apris avec horreur, & vous n'avez pas ignoré, Seigneur, que le ver-tueux Itis legitime heritier du trône de Medie & frere aîné du cruel De-metrius, fut frustré des droits de sa

naiſſance, par une conſpiration preſque
generale que ſon indigne cadet avoit
ſuſcitée contre lui, ſoutenu des principaux chefs du Roïaume dont il
avoit corrompu la foi, par les treſors
que ſon pere lui avoit laiſſé pour le
dédommager du titre du Roi dont
ſon frere aîné devoit être honoré.
On n'a jamais ſçû préciſément ce
que devint le malheureux Itis, mais
il a diſparu pour toûjours, & on ne
doute point que Demetrius ne l'ait
immolé pour s'aſſurer la couronne.
Je ne fus donc pas ſurpris de ſa calomnie, mais l'effet qu'elle produiſit
m'étonna veritablement ; j'apris que
mes plus fideles ſujets s'étoient laiſſé
entraîner au torrent, & qu'on leur
avoit aiſément perſuadé que mon de-
ſeſpoir avoit triomphé de ma vertu
& m'avoit porté à commettre un for-
fait que toutes les actions de ma vie
paſſées ſembloient démentir : Je levai
les yeux au ciel en entendant ce
qu'Athamas m'annonçoit, & je ne
pus m'empêcher de murmurer contre

les Dieux, qui se déclaroient si ouver-
tement protecteurs du crime par des
succez qu'ils refusoient à l'innocence.
Athamas condamna ce blasphême,
& me representa avec beaucoup de
douceur que je ne devois pas irriter
les Dieux dans un tems où leurs secours m'étoient si necessaires, qu'il
craignoit pour moi qu'ils ne fissent
tomber la peine de mes coupables
murmures sur un fils qui étoit ma
derniere esperance ; il ajoûta que
l'injustice n'étoit point leur partage,
qu'ils livroient quelques fois les bons
aux méchans, pour éprouver la vertu
des premiers & pour mieux punir les
derniers par des revers d'autant plus
effroïables qu'ils étoient précedez
d'éclatantes prosperitez ; que Demetrius éprouveroit tôt ou tard le poids
de leur justice, & que pourvû que je
me conformasse à leurs suprêmes vc-
lontez, ils trouveroient bien des routes pour me faire remonter sur le
trône dont on m'avoit précipité,
quoiquelles fussent inconnuës à la pru-

dence humaine : que votre fageffe, m'écriai-je, en embraffant Athamas, me feroit neceffaire dans le déplorable état où je fuis réduit ! que vos leçons me charment, mais que j'ai de peine à m'y conformer ; ne ceffez point continuai-je, de me foutenir de vos exemples, & pardonnez-moi une foibleffe dont je n'ai pas été le maître.

Mes affaires étant tout à fait defefperées du côté de la Capadoce, il fallut me refoudre à attendre du tems une de ces étonnantes révolutions qui font plutôt l'ouvrage des Dieux que celui des hommes ; je ne m'attachai plus qu'à fçavoir des nouvelles de mon fils : Pififtrate m'avoit paru fi vertueux que je ne doutai point que je ne puffe lui confier un fecret que je cachois à tous les Corinthiens & à tout le reffe du monde; Athamas eut quelque peine à y confentir ; mais voïant que c'étoit l'unique moïen qui me reftoit pour le recouvrer, il fe determina à envoïer dans une des Ifles où les Pirates du

Peloponese faifoient leur ordinaire
refidence ; mais ceux qu'on avoit chargez de ce foin m'aprirent à leur retour que Pififtrate avoit changé de
fejour, & qu'après avoir fait un ar-
mement de plus de foixante voiles,
il avoit tourné vers la Medie : je crus
d'abord que le dernier échec qu'il avoit
reçû fur les mers voifines de Corinthe
l'avoit fait refoudre à tenter la fortune d'un autre côté : je paffai quelques années fans en aprendre aucune
particularité ; mais les efpions que
j'avois en Capadoce me firent fçavoir que Demetrius avoit quitté Sinope avec précipitation pour   er
défendre fes Eftats que Pififtrate fem-
bloit vouloir envahir : j'admirai la
noble audace d'un chef de Corfaires
qui fe rendoit redoutable à des Rois
même : mais plus encore les fecrettes
routes du deftin qui conduifoient mon
fils vers l'ufurpateur d'une couronne
qui devoit lui apartenir, ne doutant
point que Pififtrate ne l'eut mené à
cette expedition, quoiqu'il put à peine

avoir atteint l'âge de douze ans : Je
ne fçus quel parti prendre dans cette
conjonéture ; Je voulus d'abord aller
fecretement à Sinope pour profiter
de l'abfence de mon ennemi, la di-
ftance des lieux ne permettant pas à
Athamas de m'y envoïer à la tête
d'une armée ; mais tous les efprits y
étoient fi prévenus contre moi, &
d'ailleurs Demetrius avoit fi bien mu-
ni toutes les Places de Capadoce,
qu'Athamas, qui n'entreprenoit jamais rien en temeraire, me détourna
d'un deffein dont l'éxécution lui pa-
roiffoit impoffible : Je fis une feconde
tentative, qui fut d'armer une flotte
pour m'aller joindre à Pififtrate contre Demetrius, rien ne flattoit plus
la tendreffe que j'avois pour mon fils,
mais Athamas me fit voir quelle
honte ce feroit pour moi de m'allier
avec des Pirates contre un Roi, qui
tout méchant & tout injufte qu'il étoit
n'en portoit pas moins un caraétere
refpeétable. Ce fut dans ces irrefolutions que je paffai la plus grande

partie de mon exil, sans recevoir aucune nouvelle du jeune Antiochus; j'en reçus enfin qui renverserent toutes mes esperances : les Corinthiens prirent un des vaisseaux de Pisistrate qui ne l'avoit pas suivi dans son entreprise contre les Medes, je fis amener devant moi cinq ou six prisonniers, je leur demandai s'ils n'avoient point oüi parler d'un jeune enfant qui étoit tombé en la puissance de Pisistrate depuis quinze ans; deux d'entre eux me répondirent qu'ils se souvenoient encore de cette fatale journée où deux de leurs vaisseaux furent pris, qu'ils étoient sur celui de Pisistrate qui ne se sauva qu'à la faveur de sa legereté; ils ajoûterent que Pisistrate avoit toûjours tendrement aimé le jeune enfant qui lui étoit tombé en partage, qu'il le faisoit élever avec le petit Sostrate son fils, mais qu'il n'avoit pas assez vêcu pour profiter de la fortune à laquelle il le destinoit, étant mort un an après sa prise. Je fus si frapé de cette nou-

velle que je ne voulu plus rien en-tendre, & je me retirai auprès de mon fidele Eteocle pour chercher quelque confolation dans fon entre-tien, ou plutôt pour le forcer lui-mê-me à avoüer malgré fa fageffe que mon defefpoir étoit jufte & que je ne devois plus compter fur le foin des Dieux puifqu'ils m'avoient ôté tout ce qui me reftoit après la perte de mes Eftats. Eteocle n'eut pas plu-tôt apris la mort d'Antiochus qu'il feconda mes pleurs par fes foupirs: je ne compte plus fur ma fcience, me dit-il, elle m'a trompé ; les aftres que j'avois confultez fur le fort de votre fils, m'avoient promis pour lui la fortune la plus éclatante ; il devoit un jour avoir quatre fceptres en fa puiffance, fa mort a démenti des efperances que je croïois fi bien fondées ; je n'ai jufqu'ici combattu votre fraïeur que parce que l'avenir me fortifioit contre elle, il ne me refte plus qu'à pleurer une perte que rien ne fçauroit reparer. Ce trifte
entretien

entretien fut interrompu par l'aproche du Roi de Corinthe qui entra dans l'apartement d'Eteocle avec des démonstrations de joïe qui nous surprirent d'autant plus qu'elles ne lui étoient pas ordinaires. J'ai oublié, Seigneur, de vous dire qu'il avoit eu une fille unique de la Reine son épouse. trois ans après mon arrivée à Cori.the : partagez les transports que je tiens, me dit-il en m'embrassant, sans s'apercevoir de mes larmes, votre fils vous sera rendu : O Dieux ! que m'aprenez-vous, m'écriai-je m'auroit-on trompé ? & reverois-je encore mon cher Antiochus : je vous l'annonce de la part des Dieux, répondit Athamas, ils ne trompent jamais les Rois, je l'ai vû cette nuit en songe. Neptune me l'a présenté lui-même & m'a ordonné de l'unir avec ma fille Elismene : Mais quoi ? poursuivit-il, voïant que je ne lui répondois que par des soupirs, vous défiez-vous de la promesse d'un Dieu : helas !

lui dis-je, alors, à qui puis-je me
fier desormais ; les Dieux ont été
les premiers à me trahir : je leur
avois commis le soin de mon fils,
ni les astres qu'Eteocle a consultez,
ni le songe qui vous l'a présenté cette
nuit ne peuvent me le rendre, la
mort cruelle me l'a enlevé pour toûjours : la douleur m'ayant coupé la
parole, Eteocle instruisit Athamas à
mon défaut de ce que je venois d'a-
prendre : le Roi ordonna qu'on fit
venir les deux prisonniers qui m'a-
voient anoncé la mort d'Antiochus ;
ils ne confirmerent que trop cette
funeste nouvelle , & quoi qu'Athamas
voulut me persuader que ces Pirates
pouvoient avoir été trompez eux-
mêmes par un faux bruit, je ne laissai
pas d'ajoûter foi à ce qu'ils m'avoient
apris. Mais il est tems, Seigneur,
que je finisse ce recit, j'ai passé deux
ans entiers sans avoir d'autres éclair-
cissemens & même sans en desirer :
Mais la fortune n'étoit pas encore
satisfaite ; les coups qu'elle m'avoit

portez ne lui fufifoient pas : elle en-
velopa Athamas dans ma difgrace,
& ce fut en frapant fon cœur qu'elle
s'ouvrit un nouveau chemin jufqu'au
mien : La jeune Princeffe Elifmene
heritiere de fa couronne fe promenoit
un jour fur une galere par un tems
calme du côté que l'Ifthme fepare les
deux mers qui entourent Corinthe,
lors qu'on aperçut un vaiffeau dont
un grand rocher avoit dérobé la vûë
aux matelots Corinthiens ; il fe jetta
d'abord fur la galere de la Princeffe
à la faveur d'un vent frais & s'en
rendit maître avant qu'on eut pû fe
mettre en état de la fecourir : toute
la Ville fut allarmée, Athamas ap-
pella vainement fa fageffe à fon fecours, elle ne fut pas à l'épreuve d'un
coup fi douloureux : je me rendis
auprès de lui fuivi d'Eteocle, pour
lui rendre les mêmes offices qu'il
m'avoit fi fouvent rendus. L'excès de
fa douleur ne lui laiffant pas la liberté
d'ordonner qu'on courût après les
raviffeurs ; je me fervis de fon nom

pour y pourvoir moi-même. Trois
vaisseaux furent armez promptement,
je lui dis le dessein que j'avois formé de
voler au secours d'Elismene, & quelque repugnance qu'il eut à me laisser
partir je courus au port de Corinthe,
après lui avoir juré que je ne revien-
drois pas sans la Princesse. Eteocle
voulut me suivre, mais lui ayant re-
presenté que son secours étoit encore
plus necessaire à Athamas, je le con-
traignis à demeurer auprès de lui.

Je m'embarquai donc sur l'un des
trois vaisseaux & je voguois avec cette
petite flotte lorsque je rencontrai
quelques uns de ces Pirates que je
combattis & que je pris; mais aucun
d'eux ne m'ayant pû donner de nouvelles d'Elismene, je les envoïai à
Corinthe avec ordre d'assurer le Roi
que je lui tiendrois parole & qu'il ne
me reverroit pas sans sa fille. Enfin
après une longue navigation sur toutes les côtes qui servoient d'azile aux
Pirates, je moüillai un jour dans
l'Isle de Delos, celebre par la nais-

fance d'Apollon & par les oracles
que ce Dieu y rend tous les jours :
les Corinthiens qui m'avoient fuivis
dans cette longue & penible courfe,
m'ayant priez de leur accorder quelques jours de repos, & d'ailleurs nos
vaiffeaux ayant befoin d'être radoubez
& munis des chofes neceffaires à la
vie dont nous commencions à manquer, je me rendis à leur defir & pris
ce tems pour confulter l'Oracle d'A-
pollon fur le fort d'Elifmene : voici
quelle fut la réponfe du Dieu :

En vain fur la liquide plaine
Tu crois voir remplir tes fouhaits,
Laiffe aux Dieux le foin d'Elifmene,
Elle doit à ton fils être unie à jamais.

Je ne doutai point après cet oracle,
que cette Princeffe n'eut peri auffi-
bien que mon fils ; mais comme les
Dieux ne s'expliquent jamais clairement aux hommes, pour les tenir
dans l'incertitude des fecrets que le
deftin fe plaît à leur cacher, je voulus fçavoir fi Apollon ne m'annon-
ceroit rien au fujet de mon fils qui

G iij

pût me laisser quelque reste d'esperance, il satisfit à ma curiosité par
ces vers :

Le noir projet d'un cœur perfide
A ton fils doit te réunir,
Mais crains d'en faire un parricide
Crains même de le devenir.

Les deux premiers vers de cet
Oracle sembloient ne m'annoncer que
la mort, & comme le cruel Demetrius avoit mis ma tête à prix, comme je vous l'ai déja dit, je ne dou-
tois point que ce ne fût par ses ordres barbares que je devois être réü-
ni à mon fils : Mais les deux derniers vers partagerent mon cœur
entre l'esperance & la crainte ; rien
n'étoit plus doux pour moi que d'apprendre que mon fils respiroit encore,
mais rien ne me paroissoit plus affreux
que le crime dont les Dieux nous
menacoient tous deux.

Quoique ces differens Oracles qui
me paroissoient tantôt se détruire,
tantôt se justifier l'un l'autre, n'eussent pas assez de clarté pour fixer

mes irresolutions sur le sort d'Elismene & de mon fils, ils s'expliquoient pourtant assez précisément pour ne me laisser point d'incertitude sur le parti que j'avois à prendre : Apollon m'ordonnoit de laisser le soin d'Elismene aux Dieux, & me faisoit craindre de faire un parricide d'Antiochus ou de le devenir moimême : ces deux considerations m'obligerent dès que je fus sur les rives d'Armenie où le premier vent me guida, de renvoier au Roi de Corinthe les trois vaisseaux dont j'avois pris le commandement, avec une lettre qui l'instruisoit des raisons qui m'avoient fait abandonner mon entreprise, & des deux oracles d'Apollon : je ne retins auprès de moi que ces six Corinthiens qui m'ont si bien secondez contre le perfide Porphirion.

Tygranes ayant cessé de parler, Artaxe & Ismenie firent plusieurs reflexions sur ses avantures & sur tout, sur les Oracles qu'il avoit reçus, ils conclurent qu'il paroissoit vrai-sem-

G iiij

blable qu'Élifmene & Antiochus
étoient encore vivans & n'oublierent
rien pour faire concevoir quelque
raïon d'efperance à ce déplorable
Roi. Artaxe lui réïtera la promeffe
qu'il lui avoit faite de le remettre
fur le trône de Capadoce, & lui fit
entendre qu'il falloit commencer par
l'hymen de fa fille, afin que les Armeniens le serviffent avec plus d'ardeur, ayant à combattre pour un
Prince qui devoit un jour leur donner des loix. Tigranes remercia Artaxe avec des expreffions qui mar-
quoient fon amour & fa reconnoiffance : il regarda tendrement la Princeffe d'Armenie comme pour lui demander fon aveu, & il eut le plaifir
de voir qu'elle obéïffoit fans repugnance aux ordres de fon pere : Tigranes quoique veuf étoit encor en
âge de plaire : il avoit été marié fort
jeune à la Princeffe des Medes, d'ailleurs il étoit bien fait ; ainfi la Princeffe d'Armenie fur qui la reconnoiffance jointe au merite de Tigranes,

avoient fait beaucoup de progrès en peu de tems se crût heureuse de faire le bonheur d'un Prince qui avoit éprouvé de si rudes traverses depuis la mort de sa premiere épouse.

Ce mariage qui devoit réünir les Couronnes d'Armenie & celle de Medie sur une seule tête, se celebra dans peu de jours. Les Partisans de Porphirion prirent ce tems pour recourir à la clemence d'Artaxe, & lui demander grace pour son fils Artane & pour eux-mémes : ils prirent soin de mettre Tigranes dans leurs interêts; sa generosité naturelle le porta à leur accorder son entremise, & Artaxe ne pût rien refuser à un Prince à qui il devoit tout. Le fils de Porphirion fut présenté au Roi par Tigranes, l'amnistie fut publiée, & il n'y eut personne dans toute l'Armenie qui ne partageât la felicité publique. Après la celebration du mariage de Tigranes & d'Ismenie, Artaxe ayant déclaré la guerre à Demetrius le Roi de Capadoce, se mit à

G v

la tête de soixante mille Armeniens, après avoir fait un manifeste dans lequel il se justifioit de la calomnie de Demetrius. Ce manifeste ne fut pas plutôt venu à la connoissance des Capadociens, qu'il produisit un changement considerable dans les esprits : l'aproche de leur legitime souverain & les vexations qu'ils avoient reçuës de la part de l'usurpateur r'animerent les plus timides : l'armée des Armeniens grosissoit tous les jours, de Capadociens qui venoient se jetter aux pieds de leur Roi & lui dévoüer leurs vies ; & si Demetrius eût encore été occupé du côté de la Medie, la conquête de la Capadoce auroit été l'ouvrage de peu de jours ; mais heureusement pour lui, il étoit revenu en Capadoce suivi de quarante mille Medes après avoir été délivré de l'invasion des Pirates par une violente tempête qui avoit submergé ou dissipé tous leurs vaisseaux.

Les deux armées étoient à peu près égales en nombre & en vaillants hommes, quand elles parurent l'une devant l'autre ; les premieres aproches furent peu decisives ; mais la desertion continuant dans celle de Demetrius, & les Dieux favorisant la bonne cause, la premiere bataille qui se donna fut si funeste à l'usurpateur qu'il ne se sauva vers Sinope qu'avec cinq ou six mille hommes : Une victoire si complete fit esperer à Tigranes la prochaine reduction de la Capadoce, & si la nuit n'eût favorisé la retraite de son ennemi, cette seule journée auroit finit la guerre. Tigranes ne jugea pas à propos de s'engager dans une poursuite dont le succès étoit incertain ; il se contenta de détacher un corps de six mille chevaux après les fuïards pour les empêcher de se réünir : Artane qui avoit toûjours combattu auprès de sa personne avec beaucoup de valeur, fut un des Officiers qui commanderent ce camp volant ; & il fut si heureux qu'il attegnit les chariots des Princesses & des principales Dames de Medie qui avoient suivi De-

metrius comme à une victoire certaine. Dès qu'il fut de retour à l'armée des Armeniens, il alla à la tente
de Tigranes pour lui préfenter les pri-
fonnieres qu'il venoit de faire : Mais
quelle fut la furprife de ce Prince
quand il reconnut cette même Elifmene qu'il avoit fi long-tems cherchée fur
les flots. Dieux puiffans, s'écria-t'il,
je commence à fentir le retour de vos
bontez ; il ne me refte plus que de recevoir mon fils de vos mains bienfai-
fantes. La joïe de Tigranes ne pouvoit
être égalée que par celle d'Elifmene ;
mais quoi qu'elle la fit éclater à la vûë
du Roi de Capadoce, ce Prince ne
laiffa pas de voir que fon cœur ne s'y
livroit pas tout entier, il craignit
qu'Athamas n'eut perdu la vie, ne
pouvant attribuer la douleur de cette
Princeffe qu'à la perte d'une fi chere
téte : mais faifant reflexion un moment après qu'Elifmene n'avoit pas
été plus à portée que lui d'aprendre
des nouvelles du Roi de Corinthe,
pendant une prifon qui avoit aparem-

ment duré jusqu'à ce jour, il crut que
sa tristesse étoit causée par quelqu'in-
disposition, ou par cette même capti-
vité dont elle venoit seulement d'être
délivrée. Son premier soin fut de la
laisser reposer une partie du jour, après
quoi il l'alla visiter dans la tente qu'il
lui avoit fait dresser proche de la sien-
ne & après les premieres civilitez, il
la pria de l'instruire de son sort. Elismene ne pût entendre cette priere sans
rougir : les Dieux, lui dit-elle, ne
dispensent pas leurs dons également;
la sagesse d'Athamas n'a point passé
jusqu'à sa fille, & les grands exemples qu'il m'a donnez n'ont pû me garantir des foiblesses ordinaires à mon
sexe : épargnez-moi, Seigneur, continua-t'elle, la honte de vous en faire
l'aveu moi-même, Cleone ne les ignore
pas, je lui ai déja ordonné de ne vous
rien cacher & il ne tiendra qu'à vous
qu'elle ne contente votre curiosité. Tigranes accepta l'offre d'Elismene, &
ayant ordonné à Artane de la mener
avec sa suite voir la disposition de l'ar-

mée, il donna audience à Cleone qui
commença ainfi le recit qu'elle avoit
ordre de lui faire.

Comme il n'y a pas long-tems,
Seigneur, qu'Elifmene eft éloignée
du Roi fon pere, je n'ai pas beaucoup
d'avantures à vous raconter. Vous
avez fçû qu'un vaiffeau caché derriere
une pointe de rocher avoit furpris la
Galere fur laquelle la Princeffe fe promenoit à trois mille de Corinthe;
vous pouvez juger quelle fut notre
fraïeur à la vûë des Pirates qui vin-
rent à l'abordage & fe jetterent dans
notre galere. Comme nos matelots
n'étoient pas préparez à ce funefte
accident, ils ne firent point de refi-
ftance, il n'y eut que quelques gardes
de la Princeffe à qui leur zele coûta
la vie. Elifmene tomba évanouïe dans
mes bras, on la fit porter dans le vaiffeau des Pirates qui étoit commandé
par le fils de Pififtrate : ce chef n'avoit
rien de farouche ni dans la phifiono-
mie, ni dans l'humeur; il n'eut pas plutôt
apris que fa captive étoit fille du Roi de

Corinthe , qu'il ordonna qu'on la traitât avec tous les égards qui étoient dûs
à sa naissance ; je suivis la Princesse
dans la chambre qu'on lui avoit fait
préparer : elle commençoit à revenir
de sa longue foiblesse , & tout le monde s'étant retiré , je tâchai de la rassu-
rer par le recit que je lui fis de la generosité & de l'humanité de son vainqueur. Elismene ne donna qu'une foible croïance à tout ce que je lui dis ,
mais elle ne tarda pas à en être con-
vaincuë : Sostrate , c'étoit le nom du
fils de Pisistrate , lui ayant fait demander la permission de la voir & l'ayant
obtenuë , se présenta à Elismene avec
toutes les demonstrations du plus pro-
fond respect qu'une Reine puisse exi-
ger du dernier de ses sujéts. Il n'avoit
pas encore vû sa prisonniere , ou du
moins son évanouïssement lui avoit
dérobé l'éclat de ses yeux : A peine
eut-il jetté un premier regard sur tant
de charmes dont vous sçavez qu'elle
brille , qu'il chancela & changea de
couleur. La Princesse étoit si occupée

de fon mauvais fort qu'elle ne s'aperçût pas de fon trouble , quoi qu'il parut même dans fes difcours ; elle ne
laiffa pas d'être fenfible à la protefta-
tion qu'il lui fit de la rendre inceffa-
ment au Roi fon pere , & de ne rien
oublier pour adoucir fa prifon. Cette
douce efperance d'une prochaine liberté engagea la Princeffe à regardêr
Softrate avec plus d'attention. Les premiers fentimens de fon cœur ne pûrent
échaper à la mienne ; j'examinai la
captive & le Maître , & je n'aurois pù
affurer dans ce moment lequel des
deux étoit le plus libre. Cette premiere converfation ne fut pas longue; Elifmene qui commençoit à s'apercevoir
que Softrate ne lui étoit pas fi odieux
qu'elle fe l'étoit d'abord figuré , voulut abreger un entretien qui prenoit
trop fur elle , elle le pria de la laiffer
repofer ; Softrate lui obéit , quelque
violence que cet ordre fit à fon amour
naiffant.

Quelques jours fe pafferent fans
que Softrate s'enhardît autrement que

par des foupirs, à déclarer le fecret de
fon cœur ; Mais comme Elifmene le
preffoit de lui tenir fa promeffe, il ne
pût s'empêcher de lui dire ce qui l'a-
voit fait diferer à la fatisfaire : Que
vous êtes cruelle, lui dit-il, de vouloir
hâter une feparation qui me paroît
plus affreufe que la mort : Je ne fçais
continua - t'il, qui de nous deux doit
demander la liberté, je fuis plus captif
que vous, & depuis le fatal moment...
Arrêtez, interrompit brufquement
Elifmene, & ne me forcez pas à me
plaindre autant de vous, que je m'en
fuis loüée jufqu'à prefent : Votre colere, répondit le tremblant Softrate,
eft un digne prix de ma temerité, à
ne me confiderer que comme fils d'un
Chef de Pirates : mais fi la propor-
tion du rang peut produire celle des
cœurs, je ne fuis pas fi coupable que
je vous le parois : Pififtrate que la
mort m'a enlevé fur les côtes de Medie a déclaré fon veritable fort, qu'-
Arfame mon gouverneur, qui étoit
feul dans fa confidence m'a confirmé.

Il étoit né pour donner des Loix aux
Medes, & n'avoit porté la guerre chez
ces peuples que pour chaſſer du trône
qui lui apartenoit, un indigne frere
qui l'avoit uſurpé ſur lui : ouï, Madame, pourſuivit-il voïant qu'Eliſmene le regardoit avec moins de colere, depuis qu'il lui avoit anoncé qu'il
étoit fils de Roi, Piſiſtrate étoit frere
de Demetrius & m'a laiſſé en mourant toute la haine qu'il avoit pour ce
barbare qui non content de lui avoir
enlevé le trône, lui auroit fait ôter
la vie, ſi ceux à qui il avoit commis
le ſoin de l'aſſaſſiner avoient été
auſſi barbares que lui : Ils furent les
premiers à l'avertir de ce noir com-
plot, Arſame étoit du nombre, ils
lui conſeillerent tous de s'enfuïr ſur
un vaiſſeau qui étoit prêt à faire voile,
& la neceſſité lui fit embraſſer l'indigne métier de corſaire, en attendant
que le ſort lui fut moins contraire.
Pour moi j'ai reſolu de quitter ce perfide élement où j'ai éprouvé tant de
viciſſitudes en ſi peu de tems : ma

flote eſt perie;il ne me reſte que ce ſeul
vaiſſeau qui renferme un tréſor plus
précieux pour moi que tous ceux que
Piſiſtrate a poſſedez ; Vous voulez que
j'y renonce, Madame, je vous l'ai promis, vous ferez obéïe ; mais quand je
vous aurai fait un ſi grand ſacrifice, me
refuſerez - vous votre pitié & aurez-
vous la cruauté de m'oublier auſſi-tôt
que vous ceſſerez de me voir. Ces pa-
rolesprononcées d'un ton de voix auſſi
triſte que paſſionné tirerent des larmes
des beaux yeux d'Eliſmene. Prince,
lui dit-elle, ces pleurs que m'arrache
la ſeule aproche des ennuis que je vous
vais coûter, vous ſont de ſeurs ga-
rents de ma pitié & de mon ſouvenir,
ne craignez point d'ingratitude de ma
part, ou plutôt attendez du Roi mon
pere toute la reconnoiſſance que votre
generoſité doit lui inſpirer ; remettez
moi entre ſes bras, ou plutôt venez
vous y jetter vous mème : vous n'êtes
pas le ſeul Prince oprimé dont il s'eſt
déclaré le protecteur ; Tigranes que
votre oncle a détrôné a trouvé un

à ile dans ſa Cour venez vous joindre à lui, uniſſez vos haines & vos
intereſts contre l'ennemi commun,
les Dieux ne vous auront pas raſſemblez en vain ; ils feront de votre parti
s'ils daignent écouter mes vœux. Ces
dernieres parole comblerent Soſtrate
de joïe ; il accepta l'azile que la Princeſſe lui offroit à la Cour de ſon pere
& remit l'execution de ce projet au
lendemain. Comme il étoit déja tard
il prit congé d'Eliſmene ; il ne fut pas
plutôt ſorti de ſa chambre que je la
preſſai de m'ouvrir ſon cœur ſur tout
ce qu'elle venoit d'apprendre, elle ne
put me cacher ce qui s'y paſſoit de favorable pour le Prince. Nous paſſâ-
mes cette nuit avec peu de tranquili-
té, cette inſomnie ne fut pourtant que
l'effet de la douce émotion que la joïe
excite dans une ame où elle n'eſt entrée de long tems : Mais combien le
jour qui ſuivit cette heureuſe nuit fut
triſte & effroïable pour nous ! A peine
Soſtrate avoit ordonné qu'on fit voile
vers Corinthe, ſans pourtant faire

connoître son dessein à ses Pirates, que nous découvrîmes trois vaisseaux Medes qu'un épais broüillard avoit dérobé à notre vûë ; ils étoient si près de nous qu'il nous fut impossible d'échaper à leur poursuite. Sostrate qu'aucun peril n'épouvantoit, trembla pour les jours d'Elismene, & nous ayant fait descendre dans le fond du vaisseau pour nous mettre à couvert des fleches ennemies, il se défendit avec tant de valeur que les Medes desesperent cent fois de le prendre. Le combat avoit duré presque tout le jour, mais voïant que son vaisseau étoit entouré de maniere à ne pouvoir se sauver à la faveur de la nuit, il poussa vers la côte de Corinthe d'où nous n'étions pas loin, dans le dessein d'y échoüer : comme cela ne se pouvoit faire sans exposer les jours d'Elismene, il prît la précaution dès que la nuit fut venuë, de mettre sa chaloupe en mer & de nous y faire descendre sous l'escorte du fidele Arsame & de cinq ou six Officiers en

qui il avoit plus de confiance ; il leur
donna rendez - vous dans un bois à
deux lieües de Corinthe, où il devoit
nous venir joindre après qu'il auroit
échoüé avec son équipage qu'il ne
vouloit pas abandonner dans une si
grande extremité : Nous abordâmes
heureusement au rivage & nous em-
ploïâmes une partie de la nuit à gagner le bois que Sostrate nous avoit
indiqué : Arsame parût fort inquiet de
n'y point voir arriver son cher Maître ;
Elismene en fut allarmée à son tour
par l'interêt qu'elle commençoit à
prendre à ses jours : Mais notre fraïeur
fut bien plus grande au retour de la
clarté, quand nous vîmes aprocher un
corps de Medes qui crierent à Arsame
de se rendre s'il ne vouloit perdre la
vie : Arsame ne répondit qu'en s'avan-
çant vers eux l'épée à la main suivi
des six Officiers qui l'avoient accompagné ; le combat ne fut pas long, que
pouvoient faire sept hommes contre
plus de cinquante ? les six Officiers
furent laissez sur la place & Arsame lui

même étant tombé de foibleſſe parmi les morts. Les vainqueurs nous enleverent malgré nos cris juſqu'au rivage où nous trouvâmes le vaiſſeau de Soſtrate échoüé, ſans pouvoir aprendre de nouvelles de ce Prince que nous crûmes entre les morts dont la rive étoit bordée. A cet affreux objet Eliſmene jetât un cri pitoïable & tomba mourante ſur le ſable : on l'embarqua en cet état, je ne l'abandonnai point & après une navigation trop heureuſe pour des perſonnes qui ſouhaitoient la mort, nous arrivâmes en Medie, où nous fûmes preſentées à Demetrius qui étant ſur ſon départ pour la Capadoce, nous mît avec les Princeſſes de ſon ſang que vous avez priſes avec nous.

Durant toute cette narration Tigranes s'étoit flatté que Cleone lui donneroit quelque éclairciſſement ſur le deſtin de ſon fils Antiochus ; mais voïant qu'elle avoit ceſſé de parler il perdit cette douce eſperance : Je n'ai pas été ſurpris, lui dit-il, que Piſiſtrate fut frere de Demetrius, la generoſité

que je reconnus en lui, lorsque je
tombai en son pouvoir ne tenoit
point du Corfaire, & sa vertu jointe à celle de son fils Softrate &
de sa 'niece Ameftris, me fait bien
voir que pour être du même fang,
on n'a pas toûjours les mêmes incli-
nations : mais ce qui fait mon étonnement, c'eft que vous ne m'ayez
point parlé de mon fils, dont vrai-
femblablement vous devez avoir apris
quelques chofes. J'ai voulu, lui dit
Cleone, vous épargner la confirma-
tion de fon trifte fort ; Softrate ne nous
a pas laiffé lieu d'en douter, & quoi
qu'ils n'euffent tous deux que cinq ans,
lorfque la mort les fepara ; leur amitié
étoit déja fi parfaite qu'il ne s'en eft
jamais rapellé le fouvenir fans verfer
des larmes. Grands Dieux ! s'écria
triftement Tigranes, que deviendra
la foi de vos Oracles fi mon fils ne
vit plus ; mais s'il ne doit revivre que
pour juftifier les allarmes que vous
m'avez données ne le retirez pas de
la nuit du tombeau, moins affreufe
pour

pour moi que le crime dont vous nous menacez tous deux.

A peine Tigranes achevoit ces mots qu'il entendit du bruit à l'entrée de la tente d'Elifmene, c'étoit cette Princesse même qu'Artane venoit d'y laisser avec un trouble dont Tigranes lui demanda la cause. Elifmene lui en fit un mystere & le prétexta le mieux qu'elle pût ; mais dès qu'elle fut seule avec sa chere Cleone, elle lui avoüa avec une colere extrême qu'Artane avoit eu la hardiesse de lui parler d'amour, elle ajoûta qu'elle l'avoit traité avec un mépris proportioné à son audace, & qu'elle l'avoit menacé de s'en plaindre à Tigranes ; mais qu'il l'avoit conjurée avec un repentir si vif & si sincere de ne le point perdre, qu'elle n'avoit pû lui refuser cette grace ! Cleone la loüa de sa generosité & la confirma dans le dessein qu'elle avoit fait de n'en jamais parler, pourvû qu'Artane ne lui donnât point de nouveaux sujets de plainte.

Artane étoit naturellement méchant ; mais l'ambition qu'il avoit heritée de Porphirion étant sa passion dominante ; il sçavoit mieux que personne le grand art de dissimuler. Quoi que sa charge de Capitaine des Gardes de Tigranes l'attachât auprès d'Elismene, il ne lui échapa jamais un seul regard qui pût lui rapeller sa premiere temerité ; mais sous ces trompeuses aparences, il cachoit des desseins pernicieux qu'il auroit sans doute executez, si les Dieux n'eussent garanti la Princesse des effets de sa perfidie.

Tigranes ayant poussé ses conquêtes jusques aux environs de Sinope, où Demetrius s'étoit renfermé, entreprit d'en faire le siege, & ne voulant pas fatiguer ses illustres prisonnieres & surtout la belle Elismene ; il les renvoia à Artaxate sous l'escorte d'Artane, dont il n'avoit aucun sujet de soupçonner la fidelité ; Elismene même étoit si persuadée de son repentir qu'elle n'en conçût pas la moindre défiance, & s'abandonna sans crainte

à sa conduite. Artane qui entretenoit
sourdement des correspondances avec
Demetrius, fut ravi d'aprendre le dessein de Tigranes & en fit part à son
ennemi ; heureusement pour Elismene
celui à qui ce traitre avoit confié sa
lettre fut surpris de nuit par une garde
avancée qui battoit l'estrade sur le chemin de Sinope ; il fut conduit devant
l'Officier qui commandoit, & s'étant
coupé dans ses réponses, on le foüilla
& l'on trouva sur lui la lettre d'Artane à Demetrius. Ce perfide aver-
tissoit le Roi des Medes du départ des
prisonnieres & le prioit de faire dresser
une embuscade dans un endroit qu'il
lui marquoit & à tel jour qu'il lui
designoit, n'ayant pas assez d'autorité sur l'escorte qui étoit sous ses
ordres pour exécuter ce projet sans
être soutenu. L'Officier n'eut pas plutôt lû cette lettre qu'il l'envoïa à Tigranes qui étoit campé à quelques
lieuës de là. Artane étoit déja parti
avec les Princesses ; Tigranes ne jugea
pas à propos de faire courir après lui,

mais il prît le parti de donner le change à ce perfide, & de faire poster des Armeniens dans le même endroit où Demetrius devoit envoïer des Medes. La chose réüssit comme il l'avoit prévû, Artane feignant d'avoir reçû des avis secrets qu'on devoit lui enlever ses prisonnieres, ordonna de ne marcher que de nuit, & de prendre un détour qui déconcerteroit cette entreprise : Mais quel fut son étonnement quand il eut donné dans l'embuscade, d'y trouver des Armeniens au lieu de Medes, il ne songea plus qu'à se sauver à la faveur des tenebres & il fut assez heureux pour se jetter dans Sinope sans aucun accident. Cependant les Princesses prisonnieres furent conduites en toute seureté à Artaxate avec Elismene, qui aprenant le peril qu'elle avoit couru ne put trop detester la perfidie d'Artane, ni trop admirer la bonté des Dieux qui l'avoient secourüe si à propos.

Quoi qu'Artane eust manqué sa coupable entreprise il ne laissa pas d'être bien reçû de Demetrius : les ames d'un même caractere font bien-tôt unies, furtoutquand leurs interêts le font déja ; ainfi le fils de l'ufurpateur du trône d'Armenie n'eut pas beaucoup de peine à gagner la confiance de l'ufurpateurde deux fceptres : ils fe communiquerent leurs plus fecretes penfées, & formerènt le deffein d'exécuter les complots les plus noirs. Artane qui ne manquoit pas d'amis que la profperité de fon pere avoit dévoüez à fon fervice, entreprit deux fois de faire affaffiner Artaxe, & d'enlever Elifmene dans le Palais même de ce Prince, mais toutes les deux fois la confpiration avorta, & Tigranes jugeant que la perfonne du Roi d'Armenie & celle d'Elifmene feroient plus en feureté dans fon camp, les preffa de s'y rendre, tant pour joüir de la vûë de fa chere Ifmenie, que pour donner au Roi fon pere la gloire de terminer cette Guerre & de le remettre lui-même fur le trône dont on l'avoit précipité.

Sinope étoit environné de toutes

H iij

parts ; Demetrius n'avoit plus que le chemin de la mer pour éviter de tomber au pouvoir de son ennemi ; il ne jugea pas à propos d'attendre ce que la fortune ordonneroit de son sort ; il déclara Artane son Lieutenant General , & fit voile vers la Medie avec promesse d'envoïer un grand secours aux Assiegez.

Tigranes ayant été averti du départ de Demetrius voulut prévenir ce qu'il avoit fait esperer à Artane & emporter la Ville de vive force avant l'arrivée des Medes : Mais Artane fit durer le siege plus long-tems que Tigranes ne se l'étoit persuadé : Ce dernier lassé de sa resistance disposa enfin toutes choses pour un assaut general , & Sinope auroit été soumise dans ce jour sans une avanture la plus surprenante dont on ait jamais ouï parler. Un vaisseau avoit fait naufrage au pied de la tour de Sinope , la nuit qui avoit precedé ce jour qui devoit être fatal à Artane : Un inconnu avoit été retiré des flots par le secours de quelques

foldats Medes & Capadociens; il s'é-
toit affez bien remis pendant le refte
de cette fatale nuit , pour être en état
de témoigner fa reconnoiffance à ceux
qui lui avoient fauvé la vie & les
voïant courir aux armes pour deffendre les remparts de la Place où ils
étoient affiegez , il demanda les fien-
nes & courut aux endroits les plus pref-
fez. Sa valeur qui n'en trouvoit point
d'égale dans tout le refte de l'univers ,
fit bientôt changer de face aux affaires ; il précipita les plus hardis des
Affiegeans dans les foffez , & il ne
porta point de coup qui ne fût mortel.
Tigranes voïant aprocher la nuit jugea
à propos de faire fonner la retraite ,
& quelque honte qu'il eût de ceder à
un feul homme , la confufion & l'é-
pouvante étoient fi grandes parmi les
fiens, qu'il craignit qu'elles ne s'aug-
mentaffent dans l'horreur des tenebres.

Artane ne pût affez admirer le pro-
digieux changement que l'inconnu
avoit aporté dans Sinope ; il lui avoit
trop d'obligation pour ne le pas hono-

H iiij

rer d'une visite ; il le trouva sur son
lit où il faisoit penser quelques legeres
blessures qu'il avoit reçuës dans un si
long combat : Comme Artane étoit
le plus artificieux de tous les hommes
& qu'il ne vouloit rien hazarder dans
cette entrevûë qui pût nuire à ses desseins, il laissa tous ceux qui l'accom-
pagnoient à la porte, & ayant fait si-
gne aux chirurgiens de se retirer après
qu'ils eurent mis le premier apareil
aux blessures de l'inconnu ; puis-je,
dit-il, en adressant la parole à ce guerrier, sçavoir à qui le Roi mon Maître
doit un si puissant secours, afin que je
l'en instruise & que je l'engage à pro-
portionner les recompenses à la gran-
deur du service : J'ai crû, lui répondit l'inconnu, que celui que j'ai reçû
auprès de cette tour où j'allois perdre
la vie, m'engageoit à exposer cette
même vie pour ceux qui me l'ont renduë ; les Dieux ont trop bien secondé
mon dessein pour me laisser douter
que je n'aïe combatu pour une bonne
cause & vous me ferez plaisir, Sei-

gneur, de me le confirmer, pour me
fortifier dans une resolution que la
seule reconnoiffance m'a fait prendre.
Artane jugeant de la fcrupuleufe vertu de l'inconnu, par cette réponfe,
n'eut garde de lui aprendre qu'il avoit
combatu pour les interêts d'un ufurpateur, & n'eut pas beaucoup de peine à inventer un menfonge auquel
il s'étoit déja preparé, vous avez
combatu lui dit-il, pour un Roi détrôné, contre un ufurpateur ; vous
êtes dans Sinope d'où le malheureux
Tigranes a été chaffé pour la feconde
fois ; Dieux fecourables, s'écria l'inconnu, que je benis vos fecrets impenetrables ! vous m'avez donc fait
faire naufrage aux rivages de Capadoce pour me donner lieu d'expofer
ma vie pour celui qui me l'a donnée.
Ciel ! s'écria à fon tour Artane ;
frapé comme d'un coup de foudre,
vous êtes fils de Tigranes, & les juftes Dieux.... Il s'arrêta à ces mots,
qui dans un premier mouvement alloient trahir fa diffimulation, il jugea

qu'elle lui étoit plus neceffaire que jamais ; & changeant tout d'un coup de difcours avec beaucoup d'adreffe, daignez m'inftruire, Seigneur, lui dit - il, en affeftant plus de refpeft qu'auparavant ; par quel miracle les Dieux vous rendent à un pere qui pleure tous les jours votre mort. L'inconnu confiderant Artane comme un des plus fideles Sujets de fon pere, lui ouvrît fon cœur & lui parla en ces termes.

Je me fuis toûjours crû fils de Pififtrate Chef de Pirates ; fon nom ne vous doit pas être inconnu, puifqu'il a été pendant plus de dix ans l'effroi de tout le Peloponefe. Je me rapelle comme un fonge la mort du jeune Oronte avec qui j'avois été élevé fans qu'Arfame notre commun gouverneur mît aucune difference entre nous : Pififtrate avoit même ordonné que nous nous apelaffions du nom de frere pour cimenter entre lui & moi, une amitié qui durât autant que notre vie : Mais la durée n'en

fut pas longüe, la mort se hâta de
nous separer, & j'avois vû Oronte
si peu de tems, qu'à peine me restat-
il quelques legeres idées de ses traits
quand la raison vînt m'éclairer. Je ne
vous entretiendrai pas de mon enfance, je passe d'abord à ma quatorzié-
me année, ce fut à peu près dans ce
tems que Pisistrate porta la Guerre
en Médie, pour se prévaloir de l'ab-
sence de Demetrius, qui ayant depuis
dix ans usurpé le Roïaume de Capadoce y avoit établi son sejour, pour
prévenir toutes les tentatives que Tigranes auroit pû faire pour remonter
sur le Trône de ses peres. L'inconnu
raconta alors à Artane tout ce que
Cleone avoit dit à Tigranes touchant
la mort de Pisistrate & la déclaration
que ce prétendu Chef de Pirates
avoit faite en mourant, se faisant connoître pour legitime heritier de la
Couronne de Médie; il poursuivit sa
narration jusqu'à l'enlevement d'Elismene. Artane ne pût aprendre sans
fremir que l'inconnu étoit son rival;

H vj

il se fit pourtant violence, & le laissa continuer sans l'interrompre ; l'inconnu lui ayant dit le dessein qu'il avoit formé de rendre cette Princesse au Roi de Corinthe son pere, & le malheur qu'il avoit eu d'être attaqué par des vaisseaux Medes qui l'avoient obligé de faire porter Elismene sur le rivage de Corinthe, & d'échoüer avec tout son équipage pour aller rejoindre cette Princesse dans un bois où elle devoit l'attendre sous la garde du fidele Arsame son gouverneur, il continua ainsi.

J'échoüai heureusement, sans perdre aucun des Pirates dont Pisistrate m'avoit laissé le commandement ; je leur ordonnai de m'attendre sur la rive, m'étant flaté d'obtenir leur liberté du Roi de Corinthe en reconnoissance de la restitution que je lui allois faire de sa fille unique. Il étoit déja grand jour quand j'arrivai dans le bois que j'avois désigné à Arsame ; mais quelle fut ma douleur quand je le trouvai apuïé contre un arbre au

pied duquel il s'étoit traîné tout fanglant, il étoit fi foible qu'il eut beaucoup de peine à me raconter le funeste accident qui lui étoit arrivé ; je
voulus courir après les ravisseurs d'E-
lismene, mais l'impossibilité qu'il y
avoit de le faire n'ayant plus de vaisseaux, me fit tourner tous mes soins
du côté de mon fidele gouverneur :
Je le fis porter dans une cabane par
deux de mes gens dont je m'étois fait
suivre : Heureusement ses blessures
ne se trouverent pas dangereuses &
il se vit en état de monter à cheval
dans peu de jours ; je lui communi-
quai un dessein que j'avois formé,
qui étoit d'aller instruire le Roi de
Corinthe du fort d'Elismene, & de
lui demander des vaisseaux pour courir après ses ravisseurs. Arsame me
representa le danger visible où je m'ex-
posois en me livrant à un Roi qui avoit
fait de severes loix contre tous les Pirates : je sentis toute la force de ces
raisons ; mais mon desespoir ne me
permit pas de suivre ses conseils. Je

Je pressai de me laisser aller seul pour
ne le pas exposer lui-même au sort
qu'il me faisoit prévoir ; mais il aima
mieux aprouver mon dessein que de
m'abandonner. Nous prîmes notre
route vers Corinthe & nous fûmes
présentez à Athamas comme il sortoit
du temple de Neptune & dans le
moment même qu'il venoit de jurer
à ce Dieu de lui immoler le fils de
Pisistrate ne doutant point que ce ne
fut lui qui avoit enlevé sa fille. Je ne
me fus pas plutôt nommé, que le Roi
se tournant vers Eteocle, Neptune, lui
dit-il, accepte mon sacrifice puisqu'il
est si prompt à remettre la victime
entre mes mains. A ces mots il ordonna qu'on se saisît d'Arsame & de
moi sans en vouloir entendre davantage. Ses Ordres furent exécutez , je
fus enfermé dans le Temple de Neptune où Eteocle disposa tout pour le
Sacrifice qu'Athamas avoit promis à
ce Dieu : Arsame fut plus touché de
mon peril que du sien , Eteocle même
ne put me regarder sans émotion ,

& il m'a depuis avoüé qu'il n'avoit
jamais été si atendri qu'en ce moment. Pour moi ayant apris que le
serment d'Athamas me regardoit seul,
je ne songeai qu'à sauver Arsame,
dont on m'avoit separé : Je fis prier le
Grand-Prêtre de me venir trouver ; je
lui montrai tant de tendresse pour mon
gouverneur que je lui rapellai le souvenir du jeune Oronte dont il avoit
esperé les mêmes sentimens, il me
déclara qu'il avoit élevé ce Prince
avant qu'il tombât au pouvoir de Pisistrate avec Tigranes son pere. Je fus
surpris d'aprendre que ce même Oronte avec qui j'avois été élevé fût fils
d'un grand Roi ; je lui apris à mon tour
que Pisistrate mon pere étoit né pour
regner, étant frere aîné de Demetrius
Roi des Medes; non que je crusse par
là me délivrer, n'en étant pas moins
ce fils de Pisistrate que le serment
d'Athamas avoit dévoüé à une mort
sanglante ; mais seulement pour le
rendre plus favorable à Arsame dont
la vie m'étoit plus chere que la mien-

ne. Ce que j'avois dit à Eteocle , l'obligea d'interroger Arfame; d'ailleurs , il se refouvenoit de l'avoir vû lorfque Tigranes tomba entre les mains des Pirates , & ne pouvant tout à fait renoncer aux douces efperances dont les aftres l'avoient flaté au fujet du fils de Tigranes ; il me quitta pour aller s'informer du fort de ce Prince , dont perfonne ne pouvoit mieux l'inftruire que celui que Pififtrate lui avoit donné pour gouverneur.

Le Grand-Sacrificateur ne fut pas plutôt forti de la Chambre qui me fervoit de prifon , qu'il alla vifiter Arfame ; il l'examina quelque tems avant que de lui parler , & malgré la longueur de l'abfence & le peu de féjour qu'il avoit fait avec lui dans le vaiffeau de Pififtrate , il ne laiffa pas de rapeller des traits que le tems n'avoit pas encore tout-à-fait effacez. J'ai trop bonne opinion , lui dit-il , de votre fageffe pour croire que vous vouliez tromper un Miniftre des

Dieux ; ainsi je viens à vous plein de confiance pour sçavoir si le fils de Pisistrate ne m'a point imposé pour se faire une origine plus glorieuse : il a trop de vertu, lui répondit Arsame, pour emprunter une gloire étrangere, & s'il vous a dit que Pisistrate étoit frere de Demetrius Roi des Medes, il n'a rien avancé que je ne sois en état de confirmer ; j'ai vû naître ce fils dans le Palais d'Ecbatane, d'une Princesse que la mort enleva à Pisistrate en donnant la vie à ce jeune Prince. Le Grand-Sacrificateur s'apercevant qu'Arsame le regardoit avec plus d'atention qu'il n'avoit encore fait, en devina la cause : Mes traits ne vous sont pas inconnus, lui dit-il, & l'image confuse qui vous en reste tient vos esprits en suspens : il est tems de vous éclaircir poursuivit-il, en lui tendant la main : Reconnoissez Eteocle l'infortuné gouverneur du Prince que vous auriez achevé de former si la mort ne vous eût enlevé cette gloire : Qu'entens-je, s'écria

Arfame, Oronte étoit Prince ! ferois-
je affez heureux.... Il en alloit dire
davantage, s'il ne s'étoit fouvenu
d'un ferment qui l'empêcha d'achever. Ce difcours interrompu redoublant la curiofité d'Eteocle ; quel eft
ce bonheur, lui dit-il, dont vous
parlez : au nom des Dieux qui nous
écoutent, ne me déguifez rien, le
fils du Roi de Capadoce feroit-il encore vivant ; j'en ai déja trop dit, re-
pondit Arfame, un premier mouvement de joie m'a trahi ; ouï Oronte
refpire encore & je puis vous le
rendre, mais il faut fauver Softrate ;
mon fecret eft à ce prix, & la mort
préfentée à mes yeux ne fçauroit me
l'arracher, fi vous ne me jurez que
Softrate ne mourra pas. Le ferment
du Roi rendroit le mien inutile, lui
dit alors Eteocle ; il a dévoüé le fils
de Pififtrate au Dieu des flots : Je ne
crains donc plus rien pour fes jours,
répondit Arfame, le fils de Pififtrate
ne fera pas immolé à Neptune, c'eft
une victime que les Dieux ont prife

depuis longtems ; reconnoissez le veritable Oronte dans le faux Sostrate :
dites plutôt le veritable Antiochus
dans le faux Oronte, repartit Eteocle,
en l'interrompant avec un transport
de joie au-dessus de tout ce qu'il avoit
jamais sentit de plus vif ; Tigranes
vous avoit caché son nom pour vous
dérober sa naissance ; je fis passer ce
Roi pour mon fils, & Antiochus pour
mon petit-fils, n'osant confier un si
important secret à un Chef de Corsaires dont je ne connoissois ni la naissance, ni la vertu.

Pendant cette tendre conversation
dont j'ignorois le succès, je me préparois à la mort & ne demandois aux
Dieux que la vie d'Arsame, & je crus
mon dernier moment arrivé au bruit
qu'on fit à la porte de ma prison ; mais
quel fut mon étonnement ! quand je
me sentis tendrement embrasser ; je
crus d'abord que c'étoit mon cher Arsame qui venoit me dire les derniers
adieux ; je ne fus pas long-tems dans
cette erreur ; je me trouvai dans les

bras du Grand-Sacrificateur qui ne put proferer que ces paroles, ô mon cher Antiochus : Ce nom & la joïe de celui qui le prononçoit étoient un myſtere impenetrable pour moi ; Arſame qui avoit ſuivi Eteocle me l'expliqua en peu de mots : je répondis aux careſſes de mon ancien gouverneur avec toute la reconnoiſſance qu'il atendoit de moi. Il faut que je m'arrache à vous, me dit Eteocle, pour aller inſtruire le Roi de tout ce qui s'eſt paſſé dans ce temple, il ſortit en ce moment & nous laiſſa Arſame & moi dans une admiration qui nous ôta pour quel-que tems l'uſage de la parole.

Le ſage Athamas aprit mon ſort avec toute la ſenſibilité que ſon ami-tié pour Tigranes pouvoit lui inſpi-rer : mais la crainte qu'il avoit d'être parjure, lui fit demander de plus grands éclairciſſemens : Il manda Arſame, qui lui confirma tout ce qu'-Eteocle lui avoit déja dit, par une lettre que Piſiſtrate lui avoit écrite autrefois & qu'il avoit ſoigneuſement gàrdée; elle étoit conçuë en ces termes.

Votre préfence ne m'a jamais été
fi neceſſaire pour me confoler, qu'au
moment que vous m'avez anoncé la
mort de mon cher Soſtrate ; j'ai reconnu votre ſageſſe ordinaire dans le ſoin
que vous avez pris de n'en informer
que moi : ce ſecret m'importe beaucoup
pour terminer heureuſement mon expedition de Medie, continuez ſi bien à
vous taire que je puiſſe tromper tous
les yeux, en faiſant paſſer le jeune
Oronte pour Soſtrate, leur reſem-
blance facilitera notre deſſein ; quelque repugnance que j'aie à faire ce
menſonge, j'ai beſoin de paroître aux
yeux des Medes avec un ſucceſſeur,
je crois Oronte Prince, mais dans
quelque rang qu'il ſoit né, il eſt plus
digne de regner que Demetrius.

PISISTRATE.

Cette lettre ne laiſſa plus aucun
ſcrupule au Roi ; il vînt lui-même
briſer mes fers, je n'oſois lui déclarer mon amour pour Eliſmene ; mais
ayant apris de lui qu'il me l'avoit

deſtinée, je ne balançai plus à lui découvrir les tendres ſentimens que j'avois pour elle ; Grands Dieux ! dit Athamas, que vos decrets ſont impenetrables ! mon ſonge eſt enfin juſtifié, mais qui m'eût dit que ce même Soſtrate que Neptune me préſenta hier pour victime, fut cet Antiochus qu'il m'avoit autrefois préſenté pour être l'époux de ma fille. Après cette exclamation, Athamas m'aprit que Tigranes mon pere avoit couru après moi, comme après le raviſſeur d'Eliſmene : je l'inſtruiſis à mon tour de tout ce qui m'étoit arrivé, & le conjurai de me donner quelques vaiſſeaux pour aller après les derniers raviſſeurs de ſon aimable fille : il aprouva mon deſſein, trois vaiſſeaux furent armez promptement : Eteocle qui vouloit deſormais s'attacher à mon ſort en commanda un, Arſame le ſecond, & je montai ſur le troiſiéme. Nous avons parcouru ſans ſuccès toutes les côtes de la Medie ; & les vents nous ayant empor-

tez malgré nous sur celle de Capadoce, la tempête a été si violente
qu'elle nous a separez & a fait briser
mon vaisseau auprès de la tour de Sinope sans que je sçache ce qu'Eteocle
& Arsame sont devenus.

Pendant toute la narration d'Antiochus Artane fut cent fois tenté de
se jetter sur lui & de le poignarder ;
mais il surmonta l'impetuosité de sa
colere, pour rendre sa vengeance plus
seure. Il prit un visage ouvert, &
continuant le mensonge qu'il avoit
déja commencé, il lui dit que Tigranes étoit allé implorer l'assistance du
Roi d'Armenie son Allié, & qu'il ne
s'agissoit que de défendre Sinope autant de tems qu'il en falloit pour donner à ces deux Rois celui d'unir leurs
forces contre le Roi des Medes qui
étoit maître de toutes les autres Places de la Capadoce : les Dieux y ont
pourvû, continua-t'il, en nous en-
voïant un deffenseur tel que vous. A
ces mots il quitta le Prince pour aller
donner quelques ordres dont il pré-

texta fon empreffement.

Ce perfide fortit de l'apartement d'Antiochus agité de differentes pen-fées; elles fe réduifirent toutes à faire perir ce Prince, qui outre qu'il étoit fils du meurtrier de fon pere étoit encore fon rival, mais un rival d'autant plus digne de fa haine, qu'il étoit aimé d'Elifmene. Il voulut d'abord faire fervir à fa vengeance les chirurgiens qui penfoient Antiochus, en les en-gageant à force de préfens à verfer du poifon dans fes plaies ; mais il crai-gnit avec raifon que l'horreur de faire perir un homme qui venoit de les dé-fendre fi vaillemment ne l'emportât fur leur avarice, & enfin après beau-coup d'irrefolutions, il s'arrêta à un deffein le plus barbare qu'un méchant tel que lui put jamais enfanter, & voi-ci comment il s'y prit.

Il retourna dès le lendemain chez Antiochus : je viens Seigneur, lui dit-il, d'imaginer un projet digne d'un héros tel que vous : & je ne doute point que les Dieux ne me l'ayent infpiré :
le

le camp de Demetrius qui nous affiege est rempli du bruit de votre valeur, ce Prince même en est jaloux, & je suis persuadé que si vous vouliez lui faire proposer, en vous faisant connoître pour le fils de Tigranes, de vuider vos differens par un combat singulier, il accepteroit votre défi avec joïe. Que vous m'en causez à moi-même, lui répondit Antiochus, par l'idéeque vous me donnez; nedifferez donc pas l'exécution d'un projet si flateur pour ma gloire; je vous avoüerai de tout & je n'attends que le consentement de l'usurpateur pour voler à la vengeance de mon pere. Antiochus achevoit ses mots quand on vint avertir Artane qu'on voïoit paroître une flote; il interrompit brusquement celui qui lui annonçoit cette nouvelle, de peur qu'il n'en dit plus qu'il n'en falloit pour ses perfides desseins, & ayant demandé pardon à Antiochus de le quiter si promptement, il sortit de sa chambre après avoir défendu à tous ceux qui servoient ce Prince, de rien dire qui pût l'éclaircir, fur peine de la vie.

Le fecours que Demetrius envoïoit à Sinope n'étoit pas confiderable ; mais Artane prit foin de cacher cette circonftance, & fit répandre dans l'armée de Tigranes, qu'il étoit nombreufe, & que Demetrius l'avoit amené lui-méme. Après cette précaution, il jugea qu'il étoit tems d'envoïer défier Tigranes au nom de Demetrius ; le Roi de Capadoce accepta le défi, & renvoïa les Hérauts ; le perfide Artane ayant apris le deffein de Tigranes, s'abandonna à la joïe, il ne douta point qu'Antiochus n'ôtât la vie à fon pere, ou qu'ils ne la perdiffent tous deux ; il ne laiffa pas de prendre fes précautions contre Antiochus vainqueur ; la plufpart de ceux qui devoient l'accompagner dans cet affreux combat, étoient dans les intetêts de ce traître, & devoient l'affaffiner avant qu'il rentrât dans Sinope ; il courut fur le champ à l'apartement d'Antiochus que perfonne n'aprochoit, & le difpofa à combattre fon ennemi.

Les chofes étoient en cet état en Capadoce, mais la fortune faifoit fentir fon inconftance en Medie; Demetrius y étoit generalement hai de fes Sujets, les violences qu'il exerçoit fur eux n'avoient d'abord caufé que des murmures; mais le mauvais état de fes affaires en Capadoce, l'ayant obligé d'y envoïer tout ce qui lui reftoit de troupes & même la plus grande partie de fa garde; il fe livra fans y penfer au bras qui voudroit l'immoler: il ne s'aperçût de fa faute que lorfqu'il ne fut plus tems d'y remedier: ce ne fut plus un fourd murmure, mais une revolte formée & generale; on l'affiegea dans fon Palais, on l'y força, & fes Sujets vangerent par un parricide celui qu'il avoit crû commettre en la perfonne de fon frere, & l'ufurpation du Trône de fon gendre. Après cette fanglante tragedie les Chefs des revoltés ne fongerent plus qu'à fe mettre à couvert du châtiment qui étoit dû à leur crime: ils s'affemblerent en tumulte &

I ij

délibererent entre eux d'offrir la Couronne de Medie à Tigranes en lui transportant les droits d'Ameſtris ; ils reſolurent de s'adreſſer au Roi d'Armenie & députerent vers lui les principaux des Medes : ils arriverent à Artaxate dans le tems qu'Artaxe étoit prêt d'en partir pour venir joindre Tigranes ; ils furent bien reçûs de ce Roi, qui leur ordonna de le ſuivre en Capadoce ; Iſmenie, Eliſmene, & les Princeſſes priſonnieres furent de ce voïage, & ils arriverent tous au camp devant Sinope dans le tems que Tigranes en étoit parti pour aller combattre l'ennemi qui l'avoit défié. Artaxe ne ſçût que penſer du combat de Tigranes contre Demetrius dont on avoit annoncé la mort : il ſoupçonna les Ambaſſadeurs Medes d'infidelité, quoiqu'ils proteſtaſſent de leur innocence, & il ordonnoit déja qu'on s'aſſurât de leurs perſonnes, lors qu'un vieillard qui demandoit avec empreſſement à lui parler lui fut préſenté ; Eliſmene n'eut pas plutôt jetté les

yeux fur lui, qu'elle le reconnût pour
le fidele Arfame ; elle lui demanda
des nouvelles de Softrate, il ne lui
répondit d'abord que par des larmes
& lui raconta enfuite en peu de mots
comment il avoit fait naufrage fur le
rivage de Sinope : Elifmene reffentit
une fi violente douleur à cette funefte
nouvelle qu'elle feroit tombée fi Cleone, qui étoit auprès d'elle ne l'eût
foutenuë : mais Artaxe à qui on avoit
déja parlé de la valeur furprenante de
l'inconnu, qui feul avoit empêché la
prife de Sinope, fe douta que Softrate
pouvoit être ce même inconnu : il dit
fa penfée à Arfame qui ne l'eut pas
plutôt entenduë qu'il fit un grand cri ;
courons, Seigneur, dit-il à Artaxe,
empêchons s'il en eft encore tems un
affreux parricide ; Softrate eft Antiochus fils de Tigranes ; ah ! je reconnois Artane à ce trait, s'écria le Roi ;
à ces mots étant monté à cheval avec
Arfame, ils coururent vers le lieu du
combat ; ils trouverent ces illuftres
combattans aux mains , & l'inconnu

I iij

alloit porter un coup mortel à Tigranes, lors qu'une voix puiffante lui retint le bras : arrêtez Antiochus, lui cria Arfame, refpectez les jours de Tigranes : au nom d'Antiochus & de Tigranes, les deux combattans refterent immobiles & glacez d'horreur ; cette inaction donna le tems à Artaxe & à Arfame de s'aprocher ; Antiochus reconnût fans peine fon fidele gouverneur, & ne doutant plus que fon prétendu adverfaire ne fût fon pere, il fe jetta à fes pieds pour lui demander pardon du crime que fon erreur lui avoit fait commettre ; O mon fils, lui répondit Tigranes en le relevant & en le preffant entre fes bras, qu'allois-je faire moi-même, je courois en aveugle au devant du coup fatal dont Apollon m'avoit menacé.

Arfame ayant expliqué en peu de mots ce qu'il y avoit de plus obfcur dans une avànture fi merveilleufe, Artaxe propofa à Tigranes d'aller au devant des Princeffes dont on voïoit déja paroître les chariots ; Antiochus

les accompagna avec Arſame à qui il
demanda des nouvelles d'Eteocle ;
Arſame redoubla ſa joïe en lui aprenant que leurs vaiſſeaux s'étant briſez
ſur la même rive ils avoient été ſe-
courus par des bergers, qui les avoient
portez dans leurs cabanes ou Eteocle
achevoit de ſe remettre ; mais quel
fut le raviſſement de ce jeune Prince
quand il vit paroître ſa chere Eliſmene ; il courut à elle avec une précipitation dont ſon amour étoit l'excu-
ſe ; les deux Rois furent les heureux
témoins de ces tranſports & ne pu-
rent les condamner : Eliſmene déroba
une partie des ſiens à leurs yeux ;
mais ſon cœur n'en avoit jamais ſenti
de plus vifs. Artane qui du haut des
remparts de Sinope avoit vû tout ce
qui s'étoit paſſé dans ce combat dont
il avoit eſperé une iſſuë bien diffe-
rente, ſe douta d'une partie de la verité ; il ne ſongea plus qu'à ſe jetter
ſur un vaiſſeau pour faire voile du
côté de la Medie ; mais la nouvelle
de la mort de Demetrius étant déja

I iiij

arrivée à Sinope, produisit un si grand changement dans tous les esprits, qu'il s'y fit une revolte generale. Les Habitans & même les soldats coururent en foule sur le rivage dans le tems qu'il alloit s'embarquer, & l'ayant percé de mille coups, ils envoïerent sa tête à Tigranes & lui ouvrirent les portes de Sinope.

Ainsi tout fut calme dans un seul jour, & Eteocle étant venu jouïr des embrassemens de Tigranes & d'Antiochus, eut le plaisir de voir ses prédictions à demi justifiées; elles le furent tout-à-fait dans la suite. Les Medes reconnurent Antiochus pour leur Roi comme heritier d'Amestris; le mariage de ce jeune Prince avec l'aimable fille du Roi de Corinthe fut celebré dans Sinope après qu'on en eut obtenu le consentement du sage Athamas, & Antiochus vit réünir long tems après les Couronnes d'Armenie, de Capadoce, de Medie & de Corinthe sur sa tête.

Je finis ce recüeil, Madame, par deux petites pieces de Poësie ; comme vous n'ignorez pas les droits des enfans d'Apollon, vous ne serez pas surprise du Titre que je donne à la premiere de ces Pieces : les Apotheoses ne nous coutent rien, mais les Poëtes ne sont pas toûjours si équitables que je l'ai été dans cette occasion. Madame de * * * a mille belles qualitez qui autorisent tout ce qu'on peut dire de plus flatteur à son sujet.

APOTHEOSE D'URANIE.

De quel bruit, de quelle harmonie !
 Retentit le sacré Vallon ?
  Je n'entends chanter qu'Uranie,
  Est-ce la Muse de ce nom,
Dont on va celebrer la Fête solemnelle ?
  Non, c'est une simple mortelle,
  Mais qui pour plus d'une raison
  Merite une place nouvelle
  Entre les filles d'Apollon.
  Seule, elle vaut toutes les autres.
Doctes sœurs, jusqu'à vous j'ose porter mes pas ,

Pour prix de mes travaux ne me refusez pas
    L'honneur d'unir mes chants aux vôtres;
    Tout m'interesse en ce grand jour,
    Dans la brillante Apotheose
    Que le Parnasse se propose:
Vous aimez Uranie, & je l'aime à mon tour:
    Muses, je fais plus, je l'adore;
    Ces talens si chers à vos yeux
    A qui vous destinez un rang si glorieux
    Pensez-vous que je les ignore?
    Non, des vœux qui lui sont offerts
    Nul ne doit me montrer l'exemple,
    Et mon cœur est le premier Temple
    Qu'elle occupe dans l'Univers.
Il me souvient encor, du jour qui pour sa gloire,
Doit à tout l'avenir consacrer mon erreur.
Elle chantoit, quel feu! quel art, quelle douceur!
Quel goût! quels sentimens! non, je n'osois en croire
    Au prestige doux & flatteur
Que chaque son portoit jusqu'au fond de mon cœur;
    Au milieu d'une tendre scene
Surprise, je voulus l'interrompre cent fois,
Et je fus si sensible au charme de sa voix
    Que je la pris pour Melpomene.
    A ce témoigaage éclatant
    Je vois aplaudir le Parnasse:
    Ma Muse va remplir la place
    Qui parmi les neuf sœurs l'attend:
Apollon reconnois la nouvelle Uranie,
Elle est digne du rang où l'on veut l'élever,
Divinitez du Pinde, il est tems d'achever,
    Votre auguste ceremonie.

Comme vous voulez, Madame,
être instruite de tout, je dois vous
dire que cette Apotheose fut celebre

dans une partie de plaifir qui donna
lieu à la piece pui fuit, & dont Mor-
fieur le Comte d . . . . . eft le héros.

SUITE DE L'APOTHEOSE D'URANIE

A MONSIEUR

LE COMTE D . . . . .

LE JOUR DE SA FESTE.

Damon, aprenez en tremblant
 Que vous l'avez échapé belle,
Je reviens d'un pas chancelant
De voir le Dieu des vers & fa troupe immortelle :
Pour vous faire un bouquet j'avois porté mes pas
Vers les jardins facrez qu'arrofe l'Hypocrene,
 Et dans ces lieux je ne m'attendois pas
A voir contre vous-même éclater tant de haine :
  Apollon étoit irrité
  Informé par la Renommée
D'une Fête chez vous, le verre en main chomée ;
Il ne pouvoit fouffrir votre temerité,
Sur mes droits, difoit-il, un fier mortel attente !
  Il fait des Mufes comme moi !
Ah ! fi je ne punis cette audace éclatante
N'entreprendra-t'il pas de me faire la loi !
  A ces mots, il brûle d'envie
  De fe jetter fur fon carquois,
Et d'effaïer fur vous ces traits dont autrefois,
Aux enfans de Niobe, il fit perdre la vie.

Grace , grace , ai-je dit , quel crime a fait Damon ,
    Vous a-t'il ôté quelque temple ?
    Est-ce un crime pour Apollon
    Que d'oser suivre son exemple ?
Tant de fiel entre-t'il aux cœurs des Immortels !
Vainement, repond il , votre amitié l'excuse,
    Je suis plus jaloux d'une Muse
    Que tous les Dieux de leurs autels.

Alors pour vous prêter un secours plus utile
Je lui laisse à loisir évaporer sa bile ;
    Puis le voïant un peu calmé,
    J'entreprends votre apologie ,
    Que n'avois-je cette énergie
Dont en vous écoutant chez vous on est charmé !
Quoiqu'il en soit , Damon , avec tant davantage
    Je sçus vous peindre en ce moment ,
    Qu'Apollon n'eût pas le courage
    De garder son ressentiment
Des talens , des vertus , j'allois doubler la dose,
    Et s'il faut vous tout avoüer
    Je visois à l'Apotheose
    J'étois en train de vous louer ,
C'est assez , m'a-t'il dit , d'un Dieu pour l'Hypo-
    crene ;
    Je veux bien , rancune tenant,
    Acorder à Damon , sur les bords de la Seine
    Le titre de mon Lieutenant.
    Oüi de quelques Muses mortelles
    Je confens qu'il soit l'Apollon ;
Mais s'il mettoit le pied dans le sacré vallon
    Il y feroit trop d'infidelles.

Au reste , Madame , ne croïez pas
que j'aïe prétendu en imposer à
Apollon , en lui faisant un portrait

avantageux de Monſieur le Comte
D . . . . . Quelque privilege que
nous aïons de mentir, je n'en ai pas
eu beſoin dans cette occaſion ; Monſieur le Comte D..... eſt d'un merite au deſſus de la flatterie, & il
n'eſt jamais mieux loué, que lors
qu'on fait parler pour lui, la verité
dépoüillée des ornemens de l'art ; &
je ne veux emploïer qu'un ſeul trait
pour vous le faire eſtimer. Dans un
âge où l'on ſe livre ſans diſcerne-
ment à tout ce qui s'appelle plaiſir,
il n'en trouve point de plus agréa-
bles que parmi les Muſes ; & c'eſt
pour les goûter plus à loiſir qu'il
prend ſoin de raſſembler chez lui
une brillante ſocieté d'Autheurs &
de Connoiſſeurs : On y lit des Pieces de Theatres, & l'on pourroit garentir le ſuccès de celles qui y ſont
aplaudies, ſi l'on avoit des regles
ſeures pour le goût. Je ne vous ai
promis qu'un ſeul trait, Madame,
ainſi, permettez que je laiſſe ma pein-

ture imparfaite & que je finiſſe en vous aſſurant que je ſuis,

Madame,

Votre très-humble & très-
obéiſſante ſervante,
B . . . . .

www.ingramcontent.com/pod-product-compliance
Lightning Source LLC
Chambersburg PA
CBHW051818020726
47502CB00005B/1521

* 9 7 8 2 0 1 9 5 4 4 7 1 3 *